もくじ

多田富雄　からだの声をきく

科学者の野狐禅《やこぜん》

医学部の学生だったころ、大学には禅の研究会があって、公衆衛生学の教授が部長をしていた。私はなまけ者で、ことに公衆衛生学の講義にはあまり出席していなかったので、禅の研究会に参加するのも気がひけた。

友人の中に熱心な者がいて、よく研究会でどんな話題が出たかを教えてくれた。他の学部の教授に禅の老師がおられて、参禅のあとでいろんな問答をしてくれたと言って、晴れ晴れした顔で語ってくれた。こうやって自己開発ということが起きるんだろうなと、私はうらやましく思った。それなのに、私は誘われても参禅することはなかった。

そういう友だちの一人と、一種の禅問答のようなことをしたことがある。何とも野狐禅(1)のごときもので、こういうところに書くのは恥ずかしいが、酒を飲んだ座興にワイワイ騒ぎながら青くさい医学生がしゃべったこととお聞き流しいただきたい。

彼が、「雪はどこから降るか」と聞いた。私は、相手が禅の研究会に出ている学生だから、「空から降る」などと答えても駄目《だめ》なことはわかっていたから、しばらく考えた。すると、子供のころ野原で雪に降りこめられた情景が思い出された。じっとそのときのことを思い出していたら、雪がどこからともなく次々と降ってくることを思い出して「雪は雪から降る」と答えた。

この答えは、友人の気に入ったらしく、うんとうなずいた後で、「じゃあ、その最初の雪はどこから降る」と聞いた。私はもう一度考えた。すると、前の年自動車の助手席に座って、雪の道を突っ走ったときのことが思い出された。

車のフロントガラスに雪が吹き付けていた。その中を車が突っ走ると雪は前方の一点から止めどもなく現われ、ガラスに吹き付けてくるように思えた。

「雪は一点から降るよ」と言うと、友人は深くうなずいて「いいでしょう。君も禅の研究会に参加しないか」と勧められた。

私はとうとう禅の会に出席することはなかったが、あの時の野狐禅のような会話はよく覚えている。その理由は、当時一生懸命読んでいた「相対性原理」と関係がある。アインシュタイン[2]の相対性理論の方も、私は正確に理解しているわけではないが、その中にこういう事実が書かれている。光速に近い速度で運動する物体から見ると、すべては一点から来たり、一点に向かって去ってゆく。たとえば空に広がる星座さえも一点に集中する。

雪の中を突っ走る車から見た雪がまるで一点から降って来るように見えたのは、おそらく相対論の世界を体験していたからであろう。私の野狐禅の答えは、単なる思い付きに過ぎなかったが、その後仏教や禅の話を聞いて、それが相対論に近い思考の転換をしているのに気づくことがある。また、相対論の本を読んでいると、まるで禅の公案[3]を聞いているような感覚を覚えることもあった。

たとえば「一月三舟[4]」の説話などは、慣性系の世界で、自分が動いているのと、自分を取り巻く世界が動いているのと同じというガリレオの相対論と共通の真理を説いているように思える。それは長い直線のトンネルを高速でドライブしていると、車が静止していて、トンネルがどんどん後方に移動しているような錯覚を覚えるのと同じである。ゲームセンターで高速ドライブのゲームをするときも、自分は座って車のハンドルを握っているのに、画面にある道路や周囲の風景はどんどんと後方の一点に向かって去って行く。自分の車が前方に動いているような気になる。自分が動くのと世界が動くのとここでは同じなのである。

アインシュタインの相対性原理では、落下するエレベーターに乗っているものの重力はゼロとなる。加速度を持って上昇するエレベーターでは重力は大きくなる。人間の体重も場が異なれば一定ではない。

不変と思われていたものが異なっていたり、相反するものが同一だったりするのは相対論では日常的に現われる。光速に近い速度で移動する者の時間は、静止している者の時間より遅い。また進行方向からの光の波長は縮んで青みを帯び、逆方向は波長が伸びて赤色に変移する。光のドップラー効果である。「時も光も常ならず」と言いたくなる。

さらにエネルギーが、質量と光定数の二乗に等しい（$E=mc^2$）という相対論の骨子となる式を漢字で表現すれば、「力物一如」とでも言うのであろうか。

私は仏教のことはほとんど知らないし、禅の経験も全くないので、見当違いのことを言っているのかも知れないが、座禅や瞑想による考え方の飛躍や超越の経験には、常識にとらわれない思索をとことんまで突き詰めてゆく科学的思考による発見と共通のものがあるのではないかと思うことがある。

（二〇〇〇年 六六歳）

手の中の生と死

手は五本の指を持っていて、摑《つか》む、書く、弾く、縒《よ》るなどの人間らしい行為を作り出す。しかしその手は、子宮の中で胎児が発生してくる第四週ごろは、小さな丸い隆起に過ぎなかった。やがて平べったいヘラ状となり、そこに四条の凹《へこ》みができてくる。凹みの部分の細胞が次々に死んでゆき、みずかきのようなものが残るが、内部ではもう小さな指の骨が生まれている。みずかきの細胞が全部死んでいなくなると、はじめて指の形が完成する。赤ちゃんはこの指を折り曲げ、手を握りしめたままこの世に生まれる。

彫刻家が大理石から手を彫り出すように、神様は指の間の細胞を死なせることによって手の形を作り出す。その細胞の死は、遺伝子でプログラムされているのだ。

細胞の死がなければ、手の生命も生まれない。手の中の生と死のドラマである。

（一九九五年　六一歳）

人間の眼と虫の眼

窓にカマキリがとまっている。大きな緑色の二つの眼でこちらを見ている。どんな風に見えているのだろうか。

いやその眼は正確には二つではない。昆虫の眼は複眼だから、一つにみえる眼は何千個もの小さな個眼の集合体なのである。その一つひとつに小さなレンズがあって、別々に光の信号を受け取っている。

人間の眼は二つ。構造はカマキリとは全く違う単眼で、大きなレンズや硝子体《しょうしたい》を通して、網《もう》膜《まく》というスクリーンに光の像が結ばれる。

タコやイカも、二つの眼を持っている。清流に住む原始的な小動物プラナリアも、二つのかわいい眼を菱形《ひしがた》の顔の両側に持っている。魚の眼は、文字通り魚眼レンズで、人間とは全く違う立体世界を眺めている。

どうしてすべての動物の眼は二つずつあるのだろうか。昆虫と人間の眼の構造は全く違うし、プラナリアなどはレンズさえ持っていないのに。いろいろな種で全く別々に眼というものが進化していったのだろうか。

最近びっくりするような事実が発見された。ショウジョウバエで複眼を作るために働いていた遺伝子が、ネズミでも人間でも単眼を作るために働いていることがわかったのだ。ネズミでこの遺伝子が働かないと、眼のない動物が生まれる。ネズミの眼を作る遺伝子をショウジョウバエで発現させると余分な眼が作り出される。その眼は複眼である。

人類の先祖と昆虫は、六億年も前に分かれた最も遠き親戚である。そのころから共通の眼を作る遺伝子が使われていた。生命の長い長い歴史を思う。

（一九九六年 六二歳）

甲虫の多様性、抗体の多様性

「虫めづる姫君(1)」という平安時代の物語がある。周りの人は、毛虫が大好きなこのお姫様を異常だと思うが、本人は意に介さない。

虫に対する態度で人類は二種類に分かれるように思われる。虫の採集や観察が無上の喜びという昆虫少年。それに対して、虫と聞いただけで身の毛がよだつ人がいる。ガサゴソいう生き物は本能的に苦手なのである。虫が嫌いな人はヌラヌラとしたヘビや蛙は嫌いでない。

私はといえば、虫が怖い方なのである。ヘビや蛙などヌメヌメしたのはちっとも怖くないし、ヤモリが風呂場の窓に張り付いていたりすると嬉しくてたまらないのに。

中学校（旧制）のころ、すばらしい生物の先生に出会った。授業時間には、私たちを野山に連れ出して草や虫の名前を教えてくれた。私は植物の方が好きになって、ほとんどマニアになったが、昆虫はやはり苦手だった。

クラスには昆虫少年がいた。彼の家に遊びに行って標本を見せてもらったときのことを今でも忘れない。たくさんの桐の標本箱があって、薄く綿が敷いてあった。大小さまざまな甲虫がピンで留めてあった。色も形も一つひとつ違う。それが、積み重ねた箱の中に無数の星のように並んでいた。私はその幻想的な世界に魅せられてしまった。

何よりも驚いたのは、その種類の多さである。自然ってすごいな、とそのときつくづくと思った。なぜこんな多様性を自然は作り出したのか。

その疑問は、後年私が免疫学の研究で抗体の多様性の作られ方を学んだときに感じたものと同じだった。億単位の異なった分子を見分ける抗体がどうして作られたかは、利根川進《とねがわすすむ》(2)さんによって解明された。考え方をひっくり返すような大発見であった。

数百万種におよぶ甲虫の多様性を作り出した遺伝子の仕組みは？　他の動物に比べてあまりにも桁《けた》が違う。何か特別なやり方があったに違いない。そう思うと夢はまだ広がる。


（一九九四年　六〇歳）

風邪の引き方講座

突然鈍器《どんき》で背中をどやされたような気がした。足元から寒気《さむけ》が這《は》いのぼってきた。膝から太股にかけて不快感が滲《にじ》み出してくる。

インフルエンザはこうして始まる。体温は三十九度を超える。間もなく四肢の筋肉が痛み出し、大小の関節が疼《うず》き始めた。皮膚をなでると全身にゾーッと鳥肌が広がった。

この時、インフルエンザのウイルスはすでに気道粘膜《ねんまく》の上皮《じょうひ》細胞に広範に感染を起こしている。恐らく、二〜三日前に感染の機会があったはずだ。あの時吸い込んだウイルスが粘膜上皮細胞のグライコフォリンという「受容体」と結合し、細胞内にウイルスの遺伝子を送り込んだのだ。

今年のウイルスの型はA香港型。去年のと同じ型だ。人によっては免疫が成立している。だが高齢者や幼児では完全ではない。

上皮細胞に入り込んだウイルスの遺伝子は、細胞のDNA複製装置を利用して複製を開始する。すると、侵入された方の細胞が、これに気づいてインターフェロンというウイルス抑制物質を合成して抵抗する。細胞から出たインターフェロンに反応して、周囲の細胞にも混乱が起こる。マクロファージや白血球が集まって感染した細胞を破壊し、飲み込もうとする。ナチュラルキラー（NK）細胞というリンパ球が働き出し、感染細胞を殺していく。ウイルスは細胞の中でしか増えることができないので、感染した細胞が殺されたり貪食《どんしょく》されたりすると、ウイルスも死んでしまう。この作戦（これを自然免疫という）が成功すればインフルエンザはここで治ってしまう。若い人が罹《かか》りにくいのはこのためだ。

ところが、自然免疫、ことにNK細胞の働きは加齢とともに低下している。ウイルスの粒子は、細胞を殺しながら飛び出しては感染を拡大してゆく。

そのころ周囲では第二段の細胞群が出動し始める。崩壊した細胞を貪食するために集まったマクロファージと白血球である。これらの細胞がインターロイキン1（IL1）というホルモン様《よう》の物質を作り出す。ＩＬ１はさまざまな働きを持っているが、その第一は、脳の発熱中枢に働くことによって、体温を上昇させることだ。熱が出るのはＩＬ１のせいだ。ＩＬ１は、他の白血球や組織細胞に働いて「サイトカイン」と呼ばれる第二、第三のホルモン様物質を作らせる。それが筋膜《きんまく》や関節に働いて筋肉痛や関節痛が生じ、全身の不快感となる。熱や痛みのために頭がぼんやりする。サイトカインは脳にも働く。

たかが風邪だというのに、どうしてこんなに多彩な症状が起こるのだろうか。それはウイルス感染に対して全身の免疫《めんえき》系が総動員され死力をつくして働いているからだが、同時に免疫系に連動して内分泌《ないぶんぴつ》系や脳神経系にホルモンの分泌異常、代謝障害、ストレス性反応などが起こり、全身性のホメオスターシス(1)が乱されるからである。インフルエンザはまさに全身病なのである。

いずれの反応も、ウイルスというインベーダーが細胞内に寄生したことに対する、さまざまな細胞の必死の抵抗の現われである。しかしこの段階では、ウイルス排除にはほとんど役に立っていないばかりか、周りの細胞を刺激し、体の調節を狂わせて症状を悪化させているばかりだ。

感染後四日目ごろから、リンパ球の一つ、ヘルパーT細胞がゆっくりと分裂を始め、やがて大量のサイトカイン、ことにインターロイキンと呼ばれる分子を分泌し始める。インターロイキンが働くと、今まで受け身だったリンパ球の中に急速に分裂を始める新顔が現われる。これがキラー（殺し屋）T細胞である。感染からは四〜五日たってやっと働き始めるのである。キラーT細胞は、インターロイキンの指令を待っていたのだ。この殺し屋たちは、ウイルスに感染した細胞だけを効果的に殺してゆく。ウイルスの生産も減るが、傷の方も拡大してゆく。病気は一段と悪化する。

キラーT細胞が働き始めるころ、もう一種類のリンパ球、B細胞も分裂を開始する。こちらもインターロイキンの指令を待っていた。B細胞の方は、ウイルスを中和する能力を持つ抗体を合成し分泌する。初めは効率の悪い大型の抗体IgMを、やがて結合力の強いIgG抗体へ転換する（クラス・スイッチ）。これは感染から七〜八日たってようやく起こる。クラス・スイッチは、リンパ球の中で遺伝子の組換えが起こる複雑な反応である。ああ今日は少しよくなったなと思うのは、まさにこのときである。

こうして体内ではウイルスの粒子が中和され、炎症性のサイトカインが減り、キラーT細胞によって感染細胞の大部分が排除され、早くも修復が始まる。熱が下がり、痛みも去り、インフルエンザは峠を越す。

これがインフルエンザのストーリーである。その筋書きを知った上で、いま自分の身体でどんな劇が起こっているかを知り、抵抗することなくひたすらその劇が過ぎるのを待つ。それ以外に王道はないのだ。

インフルエンザは、身体のホーリスティック[2]な能力が試される劇である。現代医学では、神経系、免疫系、内分泌系が共通のサイトカインやペプチド性ホルモンを利用しながら、連動して機能していることが注目されている。風邪はそのホーリスティックなシステムが冒される病いなのである。

風邪薬も解熱剤も本質的には何の役にもたたない。ひたすら免疫系の発動を待ち、クラス・スイッチが起こるのを待つほかはない。月並みながら、栄養と休養、保温と保湿に努め、約束をすべてキャンセルし精神と肉体の安定をはかることが第一、と免疫学者はおすすめする。

（一九九九年 六五歳）

G
G
G

ファジーな自己　行為としての生体

生命のしくみは、生成文法のように、限られた要素の無限の組み合わせとその拡大再生産に依存している。ＤＮＡの言葉で綴《つづ》られた個体の総遺伝子の世界をゲノムと呼ぶが、それはほとんどひとつの言語世界に匹敵する。それぞれの言語が個別の文化を内包した独自性を持つように、ゲノムの発想としての個体は、やがてそれぞれ個性を持った「自己」を持つようになる。生物学が関心を持っていることのひとつは、こうした個体の「自己」が何によって決定され、どういう過程をたどって成立するかという点である。

意識の中での「自己」のほかに、高等脊椎《せきつい》動物は身体の「自己」を持っている。というより、意識の「自己」は身体の「自己」の上に成立し形成されてゆくものなのだ。意識の「自己」は、それを支える身体の「自己」の特徴、たとえば男性か女性かなどに依存して成立するといえる。

身体の「自己」を決定している最大のものが免疫系《めんえき》であることには異論がないと思われる。高等脊椎動物では、同じ種に属している別の個体からの細胞や組織が移植されると、免疫反応を起こしてそれを拒絶する。親子兄弟であっても、きわめて微小な差を発見し、免疫系の細胞や分子を動員して激しい拒絶反応を起こす。その上、一度出会った「自己」でないもの、つまり「非自己」を終生記憶していて、もう一度同じ個体からの組織が移植された場合には、もはやはじめから受けつけようとしない。免疫系は、「自己」と「非自己」という区別だけではなくて、「非自己」のひとりひとり、つまり固有名詞に相当する個の特異性を記憶していると考えられる。

近代の免疫学は、免疫系とは、もともと「自己」と「非自己」を画然と区別し、「非自己」の侵入から「自己」を守るために発達したシステムと想定してきた。そんなに厳格に「自己」を「非自己」から峻別《しゅんべつ》している事実があるとすれば、その判別の基準は何か、そして免疫系が守ろうとしている「自己」とはそもそも何ものなのか、というのが免疫学の問題のたて方であった。堅固な「自己」。そのオプティミズム(1)の上に免疫学の百年の時が流れた。今日では、しかし、その根拠が崩れてしまった。その反転の劇と、あとに広がる空白について語ろうと思う。

免疫系が守ろうとしている「自己」とは、そもそも何だったのか。三つの重大なヒントがある。

第一は、それぞれの個体が特有の遺伝的標識を背負っていること。人間では、もうおなじみのHLA分子である。人間のゲノムの中で、タンパク質そのものをコードしているたかだか十万個程度の遺伝子は、個体の間でそれほど違っているわけではない。ほとんどまったく同じ、違っていてもせいぜい何種類かという程度であろう。

ところが、このHLAの遺伝子だけは、例外的に個体間で差が見つかる。どういうわけか人類の歴史の中で、HLAの遺伝子には突然変異が頻発し、それが蓄積されて各人に伝えられている。しかも各人は、HLAの遺伝子座[2]を六個ずつ二組（一組は母親由来、もう一組は父親由来）持っている。それぞれが少しずつ違うということになると、まったく同一のHLAの組み合わせを持っている人は、他人どうしでは著《いちじる》しく少ない。移植の拒絶反応は、このHLA分子の微小な差を見分けて起こるわけである。どんなに世間が騒いでも、移植はそう簡単にはうまくゆくはずがない。

第二のヒント。拒絶反応を起こす免疫細胞は、Tリンパ球（T細胞）という細胞である。この細胞は、特別のアンテナであるT細胞レセプター（受容体）でHLA分子に接触して、「自己」のHLA分子か、他人のHLA分子かを識別する。「自己」のHLA分子であると確認すれば、T細胞は何の反応も起こさない（それが何故《なぜ》か、という点についてはあとで述べる）。「自己」以外のHLA分子を見つけたり、「自己」のHLA分子になんらかの変化（たとえば細胞が癌化《がんか》したりウイルスが感染したりするとそれが起こる）が認められた場合には、細胞は分裂したり、インターロイキンなどの刺激能力を持った物質を作ったり、あるいは相手の細胞を直接攻撃したりして、「自己」の中から排除してしまう。拒絶反応というのはその現れである。

第三のもっと重大なヒント。「自己」か「非自己」かの見分けに必要なHLA分子には、必ず何ものかが付着していることがわかった。結晶化したHLA分子の立体構造を調べてゆくうちに、HLA分子には特徴のあるポケットのような穴が開いていることがわかった。しかもこのポケットの中に常に何ものかが入り込んでいることが認められた。HLA分子はひとりひとり少しずつ違うと書いたが、実はこのポケットの穴の形が少しずつ違うのである。ポケットが違えば、そこに入り込む分子も違う。

通常このポケットには、「自己」のタンパク質の断片が入り込んでいる。その断片は、アミノ酸の数にしてたかだか九ないし十二個程度がつながったペプチドと呼ばれるタンパク質の断片である。細胞の中で、タンパク質は、アミノ酸のつながった長いテープとして合成されるが、その一部はすぐに切り刻まれてアミノ酸九個程度のペプチドとなってHLAのポケットに入り込むらしい。

私がこれまで「自己」といってきたのは、実はHLA分子のポケットに入り込んだペプチド、すなわちタンパク質のテープの断片だったのである。「自己」の中で作り出されるアミノ酸の文字で語られた何万というタンパク質の長いテープは、九ないし十二文字ずつの長さの言葉(ワード)に切りとられ、HLAという文脈の中に挿入される。T細胞レセプターは、HLAの文脈の中に入り込んだ「自己」のワードを読みとるのである。

もし、「自己」のタンパク質のテープの断片の代わりに、別のテープ、つまりウイルスや細菌などが作った蛋白《たんぱく》の断片が入り込んだときには、T細胞はいち早くワードの違いを認識する。T細胞はもともと「自己」のHLAという文脈のみを読みとるように「教育」されているので（この教育についてもあとで触れる）、文脈に紛れ込んだ異常なワードをすぐに発見し、排除するのである。「自己」由来であれ「非自己」由来であれ、ペプチドのワードがHLAの文脈に入り込むことができなかったら、T細胞はそれを読み取れない。HLAのタイプが違った人は、それぞれ異なった免疫反応性を持っているというのはそのためで、あるHLAタイプの人は杉の花粉症になり易《やす》いし、別のタイプの人は自己免疫で起こる糖尿病にかかり易い。そういう免疫学的個性は、HLAのポケットの穴の形、そしてそこに入り込むペプチドの種類によって決まるのである。

HLAが完全に一致している兄弟の間でも、移植された臓器の拒絶反応がしばしば起こる。たとえHLAが同じでも、HLAのポケットに入り込んだ「自己」のタンパク質のテープの断片が違うからである。この事実からも、「自己」を決定しているのは、「自己」のタンパク質の長いテープから切り出される九文字のワードのグロサリー(3)であることになる。

果たして、これが本当の「自己」であろうか。どうもだまされているような気がしてくる。最近では、さまざまな人間のHLA分子から、そこに入り込んでいたペプチドをはがして、含まれているアミノ酸の文字の配列を読むことが流行《はや》っている。すると九文字、すなわち九個のアミノ酸のうちの両端に近い二ないし三個は、HLA分子に結合するのに必要な文字で、これは文脈に挿入するための接続詞である。他の五、六文字程度のアミノ酸のつながりが、Tリンパ球を非自己の情報として読みとる意味のあるメッセージであることがわかってきた。すでに何種類かのワードが読み取られてきたが、それを引きずり出して、「ほらほらこれが君の自己だよ」といっても、それを納得できるであろうか。

もう一度「自己」と「非自己」の識別が成立する過程を追ってみよう。それは、精神的であれ身体的であれ、生物学的に「自己」が確立するための普遍的な過程である。

免疫系においても、胎児期前半には「自己」は確立していない。胎児は「自己」と「非自己」を区別できない。「自己」は後天的に成立するのだ。「自己」と「非自己」の識別に重要な役割を果たすTリンパ球（T細胞）は、胎児期後半になって「胸腺《きょうせん》」という臓器で作り始められる。胸腺は、胸部の前面にはりついた小さな白っぽい臓器である。一言でいえば、ここで身体の「自己」が形成されるのである。

胸腺の中で増殖するT細胞は、まずランダムにいろいろなものと反応し得るT細胞レセプターというアンテナのような分子を持つ細胞群として生まれ出る。詳細は省くが、なんと10^{11}種類もの異なったレセプターが理論的には発現しうる。その中には当然、「自己」（つまりHLA分子に入り込んだ自分の蛋白のテープの断片）と反応する受容体も出現する。ところが、胸腺内で「自己」と反応するようなT細胞は、強い刺激が加わって死んでしまうのである。こうして、「自己」を阻害するかもしれない危険な細胞の大部分は前もって除かれてしまうらしい。

次に、「自己」のワードを読み取るための文脈としてのHLAを認識できるかどうかが試される。HLAの文脈を読むことのできない、すなわち完全に無意味な細胞も死んでしまう。こうして、「自己」阻害の可能性を持ったり、完全に存在そのものがナンセンスな細胞が排除されてゆく。これがＴ細胞の「自己」「非自己」の識別能力の「教育」なのである。

こうして、生まれた細胞のうちの九十六パーセントもの細胞は胸腺の密室から出てゆくこともなく殺される。残りの四パーセント以下の細胞が密室を出てゆき、やがて形成される免疫系の行為に参加する。

この過程は、すでに気づかれたようにきわめて冗長で無駄の多いやり方である。しかし、殺《さつ》戮《りく》を免《まぬか》れた四パーセント弱の細胞は、「自己」を排除することなく、かつあらゆる「非自己」と対応できる予備能力を備えている。あらゆる「非自己」を認識することのできる「先見性」は、実はランダムなレセプターを作り出すという冗長な「非先見性」に基づいているのである。胸腺のＨＬＡ分子の中にあったすべての九文字の「自己」のワードは、胸腺内では「自己」破壊の可能性を排除するために働いた。Ｔ細胞のすべては、文脈としての「自己」のＨＬＡ解読の能力を持つように「教育」された。ナンセンスな細胞もまた消去された。

こうして「自己」の原型としてのＨＬＡ上のペプチドに対する反応性をモデルにして、「自己」の「非自己」に対する反応のしかた、すなわち「自己」の行動様式が形成されたのである。

身体の「自己」と呼んでいたものは、実はこうして形成された「自己」の行動様式そのものなので、「自己」のペプチドやHLAのポケットではなかった。

しかし、胸腺という密室の中で作られたり、そこに外部から入って来ることのできる「自己」のタンパク質などは限られているし、その中でもHLAのポケットの中に入り込むことができるペプチドの数は、著しく少ないことがわかっている。実際には、少数の「自己」反応性の細胞は、殺戮を免れて胸腺の密室から出ていっているらしいこともわかってきた。こうした細胞は、「自己」排除の危険を秘めながら免疫の行為に参加し、どうやらギリギリの現場で「自己」破壊の活動を停止させられているらしい。そのメカニズムには、いまだに不明の点が多い。

本来は「自己」を排除するかもしれない、しかし胸腺での殺戮を免れてしまった少数の細胞は、全身を巡りながら、時折「自己」に反応して刺激を受け、逆に「自己」を刺激するといった調整活動をしていることもわかってきた。「自己」と反応した細胞は刺激物質を出して他の有用な細胞を刺激する。矛盾を利用した巧妙な「自己」保存戦略である。と同時に、崩壊を予想させる何という危険な調節のしかただろうか。

行動様式としての「自己」は、こうして日々さまざまな「非自己」に反応し、変容を繰り返しながらも、その個体に固有の「自己」を失わない。さまざまな刺激にさらされながらも、昨日も今日も、また十年後も同じ私があるように。


こうしてみると、「自己」と「非自己」は画然とは区別し難い。「自己」のテープが、異なった酵素などで別の切断を受ければたちまち「非自己」と同じワードが切り出される。たとえば「カネオクレ、タノム」が「カネオクレタ、ノム」になるように。

さらに、今度はまったく別の情報から、ほとんど同一の情報が切り出されることもある。「増大した核爆発によるエネルギーはタービン室で利用される」というのと「核家族化によるエネルギー利用は爆発的に増大した」という二つのまったく異なった意味の文からは、ほとんど同じメッセージのワードが切り出される。たとえば、ニワトリの赤血球の蛋白とインフルエンザウイルスの病原部分の蛋白の一部には共通のアミノ酸配列が含まれる。そうなると、ニワトリにとってインフルエンザウイルスのこの部分は「自己」として認識されることになる。

こうして、九文字まで分解された「自己」は、曖昧《あいまい》な形で「非自己」につながってしまう。「非自己」と「自己」は同じ延長線上にある。

「自己」は、かつて免疫学が金科玉条《きんかぎょくじょう》(4)のように考えたように、「非自己」から隔絶された堅固なエンティティー(5)ではなくなった。ファジーになった「自己」が、それでも一応ウイルスや細菌の感染から当面「自己」を守ることができるのは、むしろ奇跡に近い。

免疫学はいま、ファジーな「自己」を相手にしている。ファジーな「自己」の行動様式は、しかし、堅固な「自己」よりはるかに面白い。

（一九九二年　五八歳）

超《スーパー》システムの生と死

生命の階層性

おおざっぱな計算では、人間は約六十兆個の細胞から成っているという。細胞は組織（ヒスチオン）という機能単位を形成し、組織によって構築される構造体が臓器（オルガノン）である。人間を、多種類の臓器から成り立つ統合体とみるのが近代医学の考え方である。

多くの臓器は、人間という個体の生存に不可欠である。したがって、人間は臓器に依存した存在である。一方臓器の活動は、組織が営む固有の働きに依存している。組織は性質の異なる細胞群から構成されるが、その細胞の機能は、細胞の構成成分である蛋白質《たんぱくしつ》、多糖類《たとうるい》、脂質《ししつ》などの分子の相互作用によって営まれる。カルシウムなどのイオンや酸化窒素などの無機化合物も、細胞機能にエッセンシャル(1)な役割を果たす。蛋白質の設計図である遺伝子、そして遺伝子を複製するための分子の構造や機能は、さらにその要素となる元素の物理学的固有の性質にまで還元される。

これが生命の階層性である。要素還元論と呼ばれる近代科学の方法は、高次の自然現象、たとえば生命活動や精神現象を、より低い階層でのできごとの集成として説明しようとしてきた。人間という個体の生命を、まず臓器の生理や病理（臓器生理学、臓器病理学）で理解し、臓器の活動は組織細胞の機能で（細胞生理学、細胞病理学）、さらに細胞の機能は蛋白質分子間相互作用と遺伝子の発現機構から説明できると考えた（代謝学、分子生物学など）。言うまでもなく、脳の機能や精神活動も例外ではない。

すでに指摘されているように、上の階層でのできごとは、必ずその下の階層でのルールによって拘束されている。しかし下の階層でのできごとを単に積み重ねただけでは、上の階層での現象のすべてを説明することはできない。あらゆる生命活動が、最終的には生体の構成成分である蛋白質と蛋白質の相互作用（たとえば酵素とその基質の反応）に依存しているとしても、細胞の個体内での個別的挙動は、蛋白質同士の化学反応だけでは理解できない。それは細胞間の相互関係や情報のやりとりといった、細胞という上位の階層での新しい原理なしには説明できないのである。

個体の生命は細胞レベルでの生命活動に依存はしているが、細胞レベルでの反応を単に積み重ねても、個体の生物学的反応や行動という、上の階層での現象のすべてには至らない。そこには個体のおかれた内部および外部環境に生じた新しいルールが存在しているからだ。

人間のような個別的「自我」を持っている存在は、社会というもうひとつ上の階層を作り出し、その社会は個体の生物学的ルールに拘束されてはいるが、それを超えた独自のルールを発明することによって運営されている。経済活動や倫理は、個体の生物学的性質に拘束されてはいるが、それを超えるルールとして働いている。

したがって個体の生命というのは、それを構成している細胞の生命の総和といった単純なものではない。細胞から個体へと階層が変わることによって、何かが質的に変わったのである。個体という存在は、細胞が自らの相互関係によって作り出した「自己同一性」という新しい原理に依存した存在となったのだ。「自己同一性」のルールは、蛋白質分子や細胞間の反応に依存はしているが、細胞や分子の世界にはなかった「自己」という存在が新たに生成することによって生じたものである。

階層を超えることによって作り出される新しいルールを理解してゆくことなしには、生命論は成立しない。単純な要素還元論的アプローチは、下の階層の論理で上の階層のできごとのすべてを説明しようとした。一方、浅はかなホリスティックの論理は、全体の行動が、下の階層にある要素の論理に常に拘束されていることを忘れたために、空虚なものになってしまった。いずれも生命論としては半端なものにしかならない。

個体の生命や死、ことに人間の生や死を考えるとき、生命の持つ階層性を考慮しない限り、問題は空転してしまうだろう。生物学的に客体化された個体の生死を問うときには、細胞や臓器レベルでの生死とは異なった基準があるし、当事者としての自分の生や死を考えるとすれば、自分が構成している社会のルールや倫理といった、もうひとつ上の階層の哲学的問題となる。言うまでもなく倫理は、生物学的存在としての個体の性質に拘束されてはいるが、それを超えた価値の問題を含んでいる。

超《スーパー》システムとしての生命

私は先に、高次の生命体としての個体が成立する過程を、「超《スーパー》システム」とみるという視点を提出した（『生命の意味論』）。それは遺伝的プログラムという、DNAで書かれた情報が多様な細胞に時間とともに発現しながら、さらにそれを超えて「自己」というものを持った個体、すなわち上の階層に属する統合体に自己実現してゆく創発的な過程として、生命を捉えるという試みであった。

単一の細胞である受精卵は、分裂によって自己複製を繰り返している間に自ら多様化し、そこに生まれた多様な細胞は、互いに接着分子や情報伝達のためのメッセンジャー因子等を介して新たな関係を作り出し、自己組織化してゆく。自己組織化の基本原理は相互（内部）適応である。適応しなかった細胞は、自ら死のプログラムを発動させて死に（アポトーシス）、適応できた細胞のみがさらに自己組織化を進めてゆく。

内部適応を繰り返して自己生成してゆく統合体は、当然充足した閉鎖構造を作るはずなのに、超《スーパー》システムは内部適応の際に使った受容体を外部情報をキャッチするのに利用し、外部情報を取り込む開放構造として機能し始める。このやり方ならば、外部情報はすぐさま内部情報に転換（シグナル転換）され、最終的にはシステムの行動様式の決定と内部調節に利用される。つまり自己言及的な反応体系として、外部環境に依存しながら刻々と創発的な行動を作り出す統合体が成立するのだ。このようにして、単なる細胞の集合体を超えた、個別性を持った統一体として自己決定してゆく、一次元上の「超《スーパー》システム」が作り出されると考えたのである。

超《スーパー》システムは、したがって細胞のルールを超えて、「自己」というものに裏付けられた個別性のルールを持つようになる。個体の生命の発生は、超《スーパー》システムの自己生成の過程として捉えられる。それによって、受精卵のレベルでのルールを超えた新しい存在が生まれるのである。

仔細に点検すると、免疫系や脳神経系などの高次の生命システムの発生も同じやり方を踏襲している。私が免疫系を、個体の生命を考えるモデルとして利用したのはこのためである。

超《スーパー》システムにおける始まりと終り

しかし困難なことは、受精卵のレベルを超えて個別性を持った個体が成立する時点、すなわち個体の生命の始まりをどこにおくかは、この議論からは決定できないという点である。超《スーパー》システムの発生は連続的な過程であるから、どこが人間の始まりかは明確ではなくなる。同じようにして、超《スーパー》システムが不可逆的絶対的に解体してゆく死の時点を決定することも不可能である。

人間の一生は、「オギャー」と生まれて「御臨終です」で終るものと相場が決まっていた。ところが、医学の発達によって、二十週ていどの胎児でも子宮内での外科手術ができるようになって、胎児は「患者」として扱われるようになった。男女の産み分けや代理母の問題など、出生前の胎児の「人権」をどう守るかが議論されるようになった。生命の始まりの時点は、少なくとも「オギャー」よりはるか前に遡《さかのぼ》らなければならない。

一方死の方も、終末期医療や脳死との関連で、どこが「御臨終」なのかはますますファジーになりつつある。始まりと終りは現実の世界でも不明確になっているのだ。

脳死を「確立した死の基準」と決めたアメリカでも、心臓停止後脳死と診断される前の臓器摘出が盛んに行なわれているし、脳死が成立するのを待たずに臓器摘出を行なうことを合法化させようという動きもある。死の時点が明確でなくなったのは日本ばかりではないのだ。私たちが生まれることも死ぬことも百パーセント確実なのに、どうしてその時点はこれほど不明確になったのであろうか。もし個体の生命を超《スーパー》システムとして規定したとき、生命の誕生と死をどう考えるべきであろうか。

生命の中の死

個体の生命を「超《スーパー》システム」とみることを提案したのは、細胞の階層での生命現象の集合としてではなくて、細胞や蛋白質間の相互作用に拘束されながらも、それを超えて生成した統合体としての生命のルールを新たに定義し直そうとしたからである。個体や脳、そのひな型ともいえる免疫系の発生や崩壊の過程に、生命の始まりと終りの様式をもう一度点検する必要があるだろう。

発生という生命の始まりの中に、死が内包されていることは広く指摘されているところである。たとえば、排卵によって一つの卵子が生まれるためには、減数分裂の過程で生じた片割れの三つの細胞が死ななければならない。三つの細胞が死ぬことによって、生命の根源となる一つの卵細胞が生まれるのだ。精子の方も、受精に成功する精子一個に対して無駄になる何億もの精子が作られる。

受精卵が分割して胚《はい》(2)が形成されたとき、外部に位置する大多数の細胞は、栄養細胞としてやがて胎盤《たいばん》を形成するのに使われる。胎児に栄養を送るために働いた胎盤は、胎児と同じ起源を持ちながら、出産後は子宮から剝離《はくり》して死ぬ運命にある。

胎児が発生してゆく過程でも数多くの細胞が死んでゆくことは、よく知られた事実である。手足などの形態形成の際に起こる指間の細胞の死、脳神経系の発生における莫大な数の神経細胞の死、男性器が形成されるために必須なミューラー管の退縮など、個体の形が形成され、脳、免疫、内分泌《ないぶんぴつ》系などが完成するためには、必ず数多くの細胞の死がなければならない。

個体の誕生のために必然的に存在する細胞の死の形態が、いわゆるアポトーシス(apoptosis)、プログラムされた細胞の死である。細胞は死の遺伝子を働かせて自らのＤＮＡを切断し、細胞自身も断裂して、周りの細胞に飲み込まれて跡形もなく消えてゆく。外力で細胞が殺される壊死《えし》のように騒ぎを拡大することなく、静かにいつの間にか死んで、個体の生命を保証しているのである。

アポトーシスを決定している遺伝子がいくつも見つかり、アポトーシスが数多くの遺伝子のオン・オフで複雑にプログラムされた細胞死であることがわかってきた。アポトーシスの遺伝子は、すでに六億年以上も前に出現し、その後生命が進化するとともに、死の遺伝子の方も進化を続けてきた。これほどまで保存され改良されてきたからには、死の遺伝子が生命の維持のために必須のものであったからに違いない。

アポトーシスの遺伝子の異常は、癌《がん》、白血病、先天性異常などを引き起こし、生殖障害や脳の発達異常、自己免疫疾患などに関与していることがわかってきた。プログラムされた細胞の死が、高次の生命活動の成立に深く関わっていることは確かである。

この限られた紙面の中で、アポトーシスについての解説をこれ以上するつもりはないが、遺伝的に決定された細胞の死が超《スーパー》システムの生成に果たす重要性は、ここで強調するまでもないことであろう。まさしく高次の生命は、死を内包しながら作り出されるのである。

死のプログラムは、発生の始めから刻々と実現されている。六十兆個の人間の細胞も、プログラムされた通りに死ぬ運命にある。超《スーパー》システムは、こうした細胞が自ら作り出した相互依存的なシステムだから、内部調節に関与するエッセンシャルな要素となる細胞の死は、必然的に超《スーパー》システム自体の崩壊をきたし、いずれはシステム自体の死をもたらすことになる。現代科学がいま一つひとつ暴露しつつある老化プログラムに関与している遺伝子や死の遺伝子、さらにはそのスイッチを押すに至る染色体末端DNAの変化（テロメアの短縮）[3]などの事実が、個体の生命の制限に関わっていることは無視できない。

死の階層性——細胞の死と個体の死

脳神経系における細胞死の蓄積や、細胞分裂によって確実に進行してゆくテロメアの短縮、老化遺伝子の働きによって起こる細胞機能の変化などをみてゆくと、たしかに個体の死は必然的に細胞レベルでの死と老化に依存していることがわかる。その点では、死も発生と同じように、どの時点をもって超《スーパー》システムとしての個体の死とするかは決定しがたい。それは細胞のルールを超えた超《スーパー》システムのルールに基づいて決められるべきものなのだ。

心臓の死も、脳の死も、筋肉や肝臓、腎臓などの機能の廃絶は、それに依存して存在している個体を必然的に死に至らしめる。それはしばしば長い時間を持った過程となる。しかし、肝臓機能の廃絶や腎臓機能の停止だけで個体の死を定義できないように、脳の死も、心臓の停止もそれだけでは個体の死は定義できないことになる。それはもう一つ上位にある人間社会のルールに従って決定されなければならないからだ。臓器の死は個体の死を拘束はするが、個体という社会的あるいは主観的存在の死を一義的には決定し得ない。それを決定できるのは、個体が集合して作り出した社会のルールだけである。

脳死の議論があれほどまでに紛糾《ふんきゅう》したのは、生命の階層性を無視して、上の階層である人間の死を下の階層である臓器や細胞の死に還元しようとしたからではないだろうか。脳の死は人間の死を拘束はするが、人間の死のルールは別の階層の問題だし、別の階層で議論され決定されるべきものだったのだ。それは自らの死というものを知り、死の主観性を基礎にして共同社会を営んできた、人間という特殊な生物の問題であって、実験動物で決定できる個体の生死の問題ではなかったのだ。

同じことは生命の始まりについても言える。個別の、分割不可能な生命の生まれる時期は実験動物でも決定できようが、人間の生命の始まりの時点をどこに求めるかは、社会的に決定してゆくほかはない。

階層性の論理

以上のような議論を踏まえて、生命の階層性が関与する問題点を指摘しておきたい。

繰り返し述べたように下の階層のルールは、上の階層の現象を拘束はするが、すべてを発明することはできない。上の階層のルールは、下の階層に依存しながらそれを超えて新しいルールを作り出している。

ところが、しばしばこの論理が誤って使われている。利己的DNAの論理は、生物種や個体の存在を、下の階層にあるDNAのルールだけで説明しようとする。個体の行動様式が結果的にＤＮＡの存続に有利に進化しているのは事実として、ＤＮＡのルールを積み重ねれば個体のルールが成立するという考えは早計であろう。ＤＮＡのルールに拘束されながらも創発的に作り出されたもう一つ上の階層の論理、たとえば文化活動や倫理という別の側面を見逃してはいないだろうか。

同様に、細胞のアポトーシスに見られたルールを個体の生命にまで広げて、ことに人間社会における適者と不適者の選別に投影するなどというのは、生命の階層性を無視した論理である。会社組織において一握りのエリート以外は、不況下では脱落してゆけばよいなどという論理は、科学の仮面を被った愚かな俗論である。

生命の階層性と、それを超えることによって成立する創発的なルールを発見し、解明してゆくことは、生物学にとっても、社会科学にとっても重要なことであろう。そこでは、一般論として階層を「超える」というのがそもそも何を意味しているのか、「超える」ことの原理は何かについて、集学的[4]に考えなければならないと思う。生物学でも情報科学でも、その設問さえなされてこなかったと思う。

（一九九八年　六四歳）

死は進化する

死の発見

六月。見渡す限りの麦秋《ばくしゅう》である。

大地の豊かな恵み、自然の変わらぬめぐり、人類が数千年にわたって経験している収穫の喜びである。

しかし見方を変えると、これは麦という植物の、何千万という個体の集団自殺なのである。麦は一年草だから、この季節になると必ず枯死《こし》する。麦畠は麦という植物の死体の山でもある。

麦の死は水が不足したからでも、太陽光線が多すぎたからでもない。麦の遺伝子すなわちゲノムの中に、ＤＮＡの暗号で書き込まれている死のプログラムが発動して、茎や根の細胞が自ら死んでゆき、植物全体が枯れてゆくのである。この死のプログラムは、環境が変わると発動の時期が多少はずれるが、もともとが遺伝的プログラムだから、人為的に動かすことはできない。麦という個体は死んでも、次世代の麦を作り出すための種子は残る。あとには、麦わらという大量の死体の束が残る。私たちは、毎年このおびただしい数の集団自殺を目撃して、そこに自然の豊かな恵みを感じているのだ。

晩秋。凩《こがらし》が吹くころになると、木々の枝はこれまた何万何十万という葉を落とす。落葉は何故落ちるのか。風が吹くからでも重力が働くからでもない。葉の根もとの一層の分離帯の細胞が、遺伝子のプログラムにしたがって死んでゆくからである。たとえ重力の影響を受けないように人工的にしばりつけておこうと（サマセット・モームの小説に、落葉を眺める病人と枝にしばりつけられていつまでも落ちない木の葉の話があったが）[1]、葉は確実に死んで落ちてゆく。

時のめぐりとともに散り落ちてゆく落葉を眺めて、古代ギリシャの医師ヒポクラテスは、アポトーシスという言葉を作った。ヒポクラテスは医学の祖と言われる哲学者で、医の原理と倫理を初めて説いた人である。「アポ」は「離れる」とか「下へ」という意の接頭語で、「トーシス」は「落ちる」「下る」という意味の「プトーシス」からきている。まさに散り落ちてゆくことを意味する。出典が不明なので、それ以上ヒポクラテスの真意は私にはわからない。

しかしアポトーシスは、現代生物学の最大の話題として一九七〇年代になって華やかに再登場した。それは、現在の生物学の最大の話題である。

それまで生物学者は、「死」という現象に関心を払っていなかった。生物学は、生きているという現象、すなわち生命現象を解明する学問だから、生を否定する死については考えないというのが基本的な立場だった。また、科学を育《はぐく》んだ西欧思想では、死は単におぞましい忌《い》み嫌うべきものだったし、死者をみとるべき医学においてすら、死はあってはならない敗北に過ぎなかったからである。この世で最も確実なものである死が、逆にあり得べからざる否定的なものとしてしか認識されなかった。死は近代科学の視野の死角に入ってしまったのだ。死をおおっぴらに研究する生物学者はいなかった。

それが二十世紀末葉になって、細胞の死の形態のひとつ、アポトーシスという現象が再発見されて、大勢の生物学者が争って死の問題に取り組み始めたのである。そのおかげで、ここ十年余りの間に少なくとも一部の動物細胞がなぜ死ななければならないのか、またどのようなメカニズムで死んでゆくのか、死が生命にとってどんな意義を持っているのかが次々に明らかにされていった。近代科学による死の再発見が起こったのだ。しかもそれが、生命の成立と維持に必須の現象であることが明確にされたのである。

アポトーシスとは何か

死が否定されていた医学生物学の世界でも、当然細胞の死は目撃されていた。温熱や化学物質などが働くと細胞は破壊されて死ぬ。酸素や栄養の補給がなくなっても、細胞は窒息《ちっそく》したり栄養不良になって死ぬ。細菌や天然の毒素などは細胞を殺す。こうした外的な力が働いて細胞が殺傷されることを、医学では「壊死《えし》」と呼んでいる。壊死は、細胞膜が破壊されて細胞という生命の単位が崩壊してゆく、いわば細胞の「他殺」である。

ところが、もっと別の細胞の「死にざま」があることに気づいていた人たちがいた。弱い放射線の照射を受けたり、老化した動物の臓器では、細胞膜はきちんと残っているのに核が暗く小さくなってゆっくりと自然死してゆく細胞がある。日本の病理学者、放射線学者は、すでに一九六〇年代に賢明にも「暗調細胞」とか「立ち枯れ壊死」という名前でそれを区別していた。それが、今日アポトーシスと呼ばれる細胞の死の形態であることがわかったのはしばらくたってからのことである。アポトーシスでは、細胞膜はしっかりしているのに、細胞内部で核の構造が融解したりちぎれたりして崩壊し、やがて細胞自身も分断されて周囲の細胞に飲み込まれて消滅してゆく。一九七二年にこの新しい死の形態を三人の外国人生物学者がアポトーシスという名で呼ぶことを提案して以来、アポトーシスは現代の生命科学の研究の中心に位置するようになった。

アポトーシスは、外力によって細胞が殺されるのではなくて、細胞が自ら持っている死のプログラムを発動させて死滅していく自壊《じかい》作用による死である。「自死」というような訳語もしばしば見られる。

壊死が起こると、破壊された細胞からは内部にあった酵素や有害な成分などが放出されて、現場にはしばしば強い炎症が起こる。死んだ細胞の処理のために白血球などが動員され、血液の循環が障害されたり、体液が浸出するなど強い混乱が生じる。混乱の結果、他の細胞も死んでゆき、しばしば周辺にまで病変が広がる。

ところが細胞の「自死」であるアポトーシスの場合は、細胞は自ら自然死をとげ、断裂した細胞の成分は周辺のマクロファージなどの細胞に飲み込まれてあとかたもなく消えてゆく。死んだ細胞は、周囲の細胞群に混乱を起こすことなく何事もなかったように消えてしまったため、これまでほとんど気づかれることがなかったのだ。

利他的な死

ではなぜ生物は自死の遺伝子などを持ち、それを発動させて必然的に死んでゆくのだろうか。アポトーシス、すなわち細胞の自死が重要な役割を果たしている生命現象を二、三眺めながらこの問題を考えてみよう。

アポトーシスが重要な意味を持っている第一の例は体の発生過程である。受精卵から私たちの体が発生してゆくときにはおびただしい数と種類の細胞が作り出されるが、同時に数多くの細胞が死んでゆく。たとえば手足が形成されるときには、まず指の骨の間にあった細胞が死んでゆき、水かきのようなものが残る。さらに水かき部分の細胞も死んだとき初めて五本の独立した指が作り出されるのだ。細胞が死ななければ手の形はできない。このときの細胞死はアポトーシスである。

脳神経系が作り出されるときも、やがて必要とされる数よりずっと多くの神経細胞が生まれる。一部の不要な細胞がアポトーシスによって死んで除かれた結果、複雑で正確な回路網（配線）を持った神経系が残る。アポトーシスを起こすための遺伝子のひとつを破壊すると、巨大で異常な脳を持ったネズミが生まれることもわかった。

オタマジャクシのシッポがなくなって蛙になるのも、幼虫がサナギを経て蝶に変態《へんたい》するのもアポトーシスで細胞が死ぬからである。最もすごいのはサナギで、サナギの中ではイモムシのころ体を動かすために使っていた筋肉を含む大部分の細胞が死んで、サナギの体の中は一時ドロドロにとけたような状態になる。その上で新たに多くの組織細胞が新生して成虫の体制を作り出し、サナギはやがて蝶になって飛び立つのである。サナギ、それは死と再生の秘義(2)の場である。

もっと原始的な生物で、土壌の中に生きている寄生虫の仲間に、エレガンス線虫という虫がいる。体長は二ミリていど、全身の細胞の数はおおよそ千個、一個の受精卵が分裂を重ねて約十九時間で成虫になる。この線虫が発生する間に、正確に百三十一個の細胞が死ぬ。それが死なないと線虫は正常な発生ができない。

線虫の細胞が死ぬ際に働いている遺伝子を調べることによって、アポトーシスに関与する遺伝子のいくつかがはじめて同定されたのである。人間も含めた動物細胞のアポトーシスに関する私たちの知識の多くは、この線虫の研究からもたらされた。

線虫のアポトーシスの研究の結果、細胞の死は複数の遺伝子によって制御されたきわめて複雑なシステムであることがわかってきた。アポトーシスは何段階もの細胞内での情報転換を介して、何種類もの酵素が活性化され、細胞内にある生存に必須の蛋白質や生命の設計図である核のＤＮＡが切断されて起こる。死の実行段階で働く遺伝子、さらにそれを上位で調節し、死のスイッチをオンまたはオフにする遺伝子などが同定されている。線虫で発見された死の遺伝子の多くは、人間やネズミのゲノムの中にも温存されており、生命活動の色々な場面で働いていることがわかってきた。

そればかりか、こうした分子や遺伝子レベルでの比較研究をすることによって、死の遺伝子が何億年もの生物進化の歴史の中で維持保存されてきたばかりか、常に進化をとげ続けてきた、生命にとっては最も基本的で高級な遺伝子群であることがわかった。死の遺伝子は、進化の過程で広い応用領域を開発して、生命の高度化に寄与してきたこともわかった。

たとえば、脳神経系や免疫系などの高次のシステムが成立し機能するためには、多くの不要な細胞や好ましくない細胞が死ぬことが必要である。癌《がん》などの異質化した細胞も除去しなければならない。皮膚や消化管などで老朽化した細胞の処理と新生、ウィルスなどに感染した細胞の除去など、こうしたさまざまな場面で、アポトーシスは重要な役割を果たしている。

アポトーシスの遺伝子に欠陥が生じると、発生過程で形の異常が生じたり、臓器の機能不全や癌が生じる。癌の一部は、アポトーシスの遺伝子の発現に異常が生じて、そのため不死化した細胞である。死ななくなった細胞が、逆に個体全体を殺してしまうのである。

老化した細胞の除去もアポトーシスを利用している場合が多い。老化によって起こる脳神経系の細胞の減少も、これまで知られたアポトーシスのやり方とは少し違うけれども、やはり遺伝子に書き込まれたプログラムの発現によって自滅してゆく過程であることには変わりはない。アルツハイマー病で神経細胞が急速に死んでゆくのは、アポトーシスによる。

動物の性の決定でもアポトーシスは重要な役割を持っている。哺乳《ほにゅう》動物の発生過程で、女性器の原基であるミューラー管というのがアポトーシスによって消滅すると初めて男性器となるウォルフ管の分化が始まる。アポトーシスがないと人類はみな女性になってしまう。

こうして見て来ると、アポトーシスによる死は、一般的に利他的な死であることが多いことに気づく。体の体制を作り出すための細胞の死、脳や免疫など高次のシステムを作り出しそれがまちがいなく働き得るために自ら死んでゆく細胞。性を決定し子孫を残すために必然的に訪れる死。生命体が誕生しその働きを維持するためには、一部の細胞の死は絶対に必要である。生物は死の遺伝子を発明し、それをさまざまなところで働かせることによって高度の生命体を作り出してきたのだ。

死の進化

　このようにアポトーシスという現象は、生物の発生、性の分化、脳や免疫などの高次の生命活動、個体の生存と調節などにきわめて重要な意義を持つ一方で、最終的には個体自体の死をもたらす要因となる。個体というのは、それを構成する臓器などの強い依存関係によって成り立っている。要素としての組織や臓器における一定以上の細胞の死は、必然的に個体全体を死に追いやることになる。それがアポトーシスによってもたらされるとすれば、それこそ「寿死」とでも言うべき生物個体の自然の死であろう。私たちがなぜ特殊な外力が働かなくても、また特別な病気に罹《かか》らなくても死ぬのかと言えば、何億年もの間進化させてきた老化や死の遺伝子が働いて、最終的には個体の死をもたらすからであろう。

　長い生命の歴史の中で、植物界と動物界が分かれたのは十億年以上前のことである。現在われわれの持っているアポトーシスの遺伝子の起源をどこまで遡《さかのぼ》れるかはまだ不明だが、死という生命現象を作り出す大もとになる遺伝子の起源は、少なくとも植物と動物が分かれた十億年より前まで遡ることができるはずである。やがて植物は進化し、木々は落葉することを知り、枯れることによって実を残すことも知った。

一方動物の方は、いまから約五億年前のカンブリア紀に、[3] さまざまな動物の系譜の祖先がいっせいに地球上に登場した。人間や魚、鳥、蛙などの脊椎《せきつい》動物の祖先もこのころ現われた。昆虫やナメクジやタコなどの祖先、先に述べた線虫やサナダ虫などの祖先も、カンブリア紀にいっせいに出現したのだ。カンブリア紀の大爆発と呼ばれる。

その五億年以上も前のカンブリア紀に分岐したはずの線虫で発見されたアポトーシスの遺伝子が、かくも離れた人間のゲノムの中に進化しつつ生き残っており、人間の細胞の生死を決めていたのである。その上人間では、線虫ではみつかっていない別の系列のアポトーシスの遺伝子も発見されており、新たな死の遺伝子が発明され進化し続けていることがわかってきた。新しい方の死の遺伝子も、免疫や炎症などの重要な生命現象の調節に大きな役割を担っていることが明らかにされている。

まさに死は進化し続けているのだ。

死の意味論

個体の発生と、その一生の間の生命活動を眺めるとき、細胞のプログラムされた死が重要な役割を果たしていることは明らかである。全体としての個体の生死も、要素である細胞の死に依存している。生物の生死のルールは、生物が地球上に出現し、多細胞生物とその共同体が作り出されたときにはすでに決められ、ずっと働いてきたものらしい。

細菌や酵母などの単細胞生物にも、多細胞動物でみられるようなアポトーシスがあるかどうかはまだ不明である。しかし、ひとつの細胞が個体として行動するゾウリムシではそれに似た現象が認められている。ゾウリムシは、環境が悪化して生存が危うくなると初めて有性生殖を行なって、自らは死ぬ。その死に方はアポトーシスに近い。

しかし、こうした事実をすぐさま人間の個体の死、さらには個人の死に投影して考えるのは短絡的に過ぎる。それは異なった階層での議論である。

生命には何段階もの階層構造があることはこれまでにも指摘したところである。個体はさまざまな臓器によって構成され、臓器は多様な細胞によって形作られる。細胞はさらにそれを構成する蛋白質や遺伝子などの分子によって運営され、分子はその下の階層に属する原子やイオンから成る。

こうした生命の階層構造の中では、下の階層でのルールは上の階層での現象を拘束はするが、すべてを説明することはできない。たとえば細胞の働きは人間というもうひとつ上の階層の生命現象を作り出すが、細胞レベルでのルールは、人間の行動や社会性などを説明することはできない。

それと同様に細胞レベルでの死は、個体の生命を左右するが、個体の生死、すなわち人間の社会的な死まで説明するものではない。したがって、細胞の利他的な死があったからといって、集団の中での個人の生死や、組織の中での人間の生き方に安易に投影してはいけない。そこには、もっと上の階層の問題としての哲学的な死の概念があり、それは下の階層である細胞の死と同じ平面では扱えない。

しかし一方、下の階層でのルールは、上の階層でのルールを制限していることも確かである。生物としての人間は、生物の一般的な死のルールから免れることはできない。上の階層に進化した人間の死も、生物細胞がもともと死ぬべき者《モータル》として存在しているというルールは受け入れなければならないだろう。

これまでに発見されているアポトーシスの遺伝子は、まず生物の死が必然であることを教え、その上で人間がより進化した死を選ぶことができることを示していると思う。そして個人の死を、単にひとつの個体の消滅とみるだけではなく、何億年という生命進化の流れの上に必然的に起こる生命現象と理解するとき、私たちはもうひとつの次元で自分の死を考えることができるのではないだろうか。

（一九九八年　六四歳）

C

能を観る

能楽堂にゆく。

特にお目当ての能があるときもあるし、そうでないときもある。後ろの方の空いている座席にかけて、見るともなく舞台を眺める。

何というふしぎな空間であろうか。ホールの中には、四本の檜《ひのき》の柱に支えられた大屋根を持つ木造の家が建っている。これが能舞台である。お宮のようにも見えるが、廃屋《はいおく》のようにも見える。三方吹き抜けで、正面の板（鏡板）(1)には大きな松が描かれているばかりだ。

舞台から左に向かって木の橋のようなもの（橋掛《はしがか》り）(2)が見える。橋の向こうには美しい五色の布（幕）が掛かっている。その向こうは暗がりで何も見えない。

客席は、四角い舞台を三方から囲むようにしつらえてある。客が大勢いれば、お祭りのお神楽《かぐら》(3)を見に来たようなにぎわいがある。客が少なければ、静かなお宮に詣《もう》でたような安らぎを覚える。

しばらくすると、幕の向こうから笛の音が聞こえてくる。すると鼓《つづみ》がポン、ポンと打ち始める。カチン、カチンと高い音が響くのは大鼓《おおかわ》(4)である。ときには、テーン、テーンと太鼓の音が混じる。「お調べ」といって、楽器の調子を調《ととの》える、当日の能の前奏曲である。

がやがやしていた客席が段々と静まってくる。と、幕の片隅がちょっと動いて、紋付袴《もんつきはかま》の一人の男(笛方《ふえかた》)が静々と歩み出る。客席など目もくれず真っ直ぐに舞台に向かって進む。約一間おいて、同じく紋付の男が進み出る。手には小鼓を持っている。そのあとは大鼓、これはやや大股に。そして太鼓方が続く。それが、一定の距離をおいて静々と舞台へと進む。

笛方が舞台に達するころ、まるでいい合わせたように、右手奥の小さな引戸が音もなく開き、紋付の青年が体をかがめるようにして現れる。次々に八人の男(地謡方《じうたいかた》、合唱隊)が現れ、舞台右の奥まった一画に、二列になって座を占める。これらが無言のうちに、まるで儀式のように進行するのだ。観客は息をのんで、舞台で何が始まるかを注目している。

ヒイー。甲高い笛の第一声が響き渡る。すでに床几《しょうぎ》(5)に腰をかけていた大鼓と小鼓が打ち始める。規則正しいビートではない。波が押し寄せるような、風がそよぐような、炎がゆらぐような、ふしぎな間をおいて、ヤアー、オー、といった掛け声とともに打音が響く。遠い、忘れ去った原体験に引き込まれるようなリズムである。笛がところどころで叫びをあげ、それが途切れたところには深い沈黙がある。

やがて、橋の向こうの幕が内側に引かれ、引き揚げられる。その暗がりには、はるかかなたからやって来た旅の僧(ワキ)(6)が立っている。静かに静かに、村人が待つこの村にやってくるのだ。永い永い旅だった。孤独な影をひきずった旅の僧は、橋を渡って、いま私たちの住むこの里に到着し、これから起こる舞台上の劇に、私たちの代表として参加するのである。

能の「劇」はこうして始まる。登場人物たちは皆、橋の向こうの暗がりの中から現れる。ときにはあの世からの幽霊の姿で、ときには何百里も離れた里から我が子を求める狂女となって、ときには聖なる世界から天降《あまくだ》る神として、ときには美しい花の精霊として、橋を渡ってやって来る。

「あのひとたち」は、舞台という私たちのいる「この世」に到着すると、私たちの代表である旅の僧（ワキ）と出会う。「あのひとたち」は、あるときは成仏《じょうぶつ》できない苦しみを嘆き、あるときは奥深い心の悲しさを訴え、あるときは聖なる心の現れを、あるときは人間の煩悩《ぼんのう》の苦しみを、女の嫉妬を、男の誇りや執念を、老いの嘆きや超越を現して、静かにまた別の世界、すなわち橋の彼方へと消えて行く。

私たち観客は、僧といっしょにこうした「あのひとたち」に出会い、彼らの喜び、嘆き、さらにもっと奥深い情念や、解決できない悩みに参加する。「あのひとたち」が再び幕の向こうの暗がりの中に歩み去っても、きっと私たちは、「あのひとたち」との邂逅《かいこう》(7)を忘れないだろう。お能は、まさに「あのひとたち」と出会い、交流を持つ経験なのである。

私たちがわざわざ能楽堂に会いに行く「あのひとたち」とは、どんなひとたちだろうか。それはおおざっぱにいって三種類のひとたちである。

まず第一は、天降る神々や精霊である。日本人は、山や巨木、海や生物、そして雪や風などの自然現象の中にカミを発見して来た。ヒトも死ぬと山にゆき、カミになる。それらの神々は、お祭りのたびに村々に現れ、自然と人間の営《いとな》みに参加する。身近にいながら、私たちはふつうに見ることができない神々に、どうしたら出会うことができるのか。

室町初期に、寺社の神事から発展した原始的な能は、まず能役者の体にカミを宿らせ、それを観衆に顕現させることで、民衆のカミに会いたいという願いを達した。ときには聖なる神の本体を現し、ときには荒々しい鬼神の姿となって、またときには美しい精霊を登場させることによって、超自然の神秘や恐怖を、聖なるものの恵みと救いを、人々に思い知らせたのだった。

第二のカテゴリーの「あのひとたち」は、幽霊である。物語や伝説で聞いた美女たち、戦いに散った平家の公達《きんだち》(8)、罪を犯して地獄に堕《お》ちた男女、ときには怨《うら》みをのんであの世をさまよう不幸な女の霊などが、あの橋を渡ってこの世に現れる。霊たちは、自分の生前の姿を見せ、そのときのことを物語り、救いを求めながらあの世に去ってゆく。

観客はそこに、会ったこともない先祖の霊や、不幸なできごとで死んだ身近な人々などを投影させてみる。それによって、「あのひとたち」のかつてのできごとを追体験し、救いと奇跡を求める鎮魂の祈りに参加するのだ。

第三のカテゴリーは、いま現実に生きている「あのひとたち」である。私たちと同じ時代に生きているけれど、明らかにわれわれとは異なったふしぎな体験をした人たちがいる。何らかの事件に巻き込まれたり、歴史の渦に直接巻き込まれたため、通常ではあり得ないような異常な体験を持った人たちである。愛する子供を失って常軌を逸した行動をしている女、臨死体験の男、戦いに敗れた英雄、愛する者との離別や再会、嫉妬や復讐。私たちの周辺で起こっているさまざまな事件を介して、人間の本性が現れる。当時の三面記事に類したものから現実に起こった歴史的事件に至るまで、その当事者にやってきてもらい、語ってもらう。そんなヒーローたちに、人々は出会いたいと願っているのだ。

能楽堂に足を運ぶのは、実はこうした通常では会うことのできない「あのひとたち」に出会い、その体験をつぶさに聞き、その苦しみと救いに、精神的な高揚と超越に、触れてみたいからなのだ。

そんなことを考えながら見るともなく舞台を眺めていると、もう「あのひとたち」が物語を始めているのに気づく。地面の底から響くような声で、かつてのありさまを物語っているらしい。

たとえば、名曲「杜若《かきつばた》」だったとしよう。沢一面に咲き誇るカキツバタの花の向こうから、一人の里女が諸国一見の僧の前に現れる。『伊勢物語』のかきつばたを詠み込んだ古歌「からころもきつつなれにしつましあればはるばるきぬるたびをしぞおもふ」は、在原業平《ありわらのなりひら》(9)が旅の心を詠んだ歌だと僧に教え、舞台の奥深くに退く。

そこで女は、業平が道ならぬ恋をした高子《たかいこ》の后《きさき》が着たという、美しい唐衣《からごろも》を模《も》した長絹《ちょうけん》に着がえ、若い貴族の冠《かぶ》るエレガントな初冠《ういこうぶり》を付けて僧の前に再び現れ、自分はカキツバタの花の精であると名宣《なの》る。花の精は、業平と高子の后との不倫の恋の物語を語り、業平をめぐるさまざまな恋の話を回想しながら、やがて静かな「序《じょ》ノ舞《まい》(10)」という舞を舞い始める。

笛がりょうりょうと吹き始めると、大鼓と小鼓が掛け声をあげ、まるで何ものかを呼び出すかのような、静かな「序」の拍子を打ち始める。男装の女人は、その音に引かれるように真っ白い足袋《たび》の足を前にすべらせ、爪先をわずかにはねあげる。もう片方の足を引きつけ、そして静かに拍子を踏む。足音が空気の波紋となって広がってゆく。この足はいま、異界の中に踏み込んでゆく足なのだ。

女は両袖を広げ、静かに舞い始める。いつ果てるともしれない静かな舞が、少しずつ時間を速めながら進んでゆく。私たちは、いつの間にか現実の時間とは違った時間を呼吸している。眠りに引き込まれるような、またその眠りを突然引き裂くようなふしぎな白々とした時間。あぁ早く覚めればよいという気持と、いつまでもこのまま続いてくれと願う矛盾した気持が交錯する。本当に眠ってしまってもよい。それでも心に残るものは残るのだ。

いまそこで舞っているのは、本当にカキツバタの花の精なのだろうか。業平の恋した高子の后だろうか。はたまた初冠に狩衣《かりぎぬ》(11)を着て、宮殿で五節《ごせち》(12)の舞を舞った美青年業平その人であろうか。男装の麗人は、袂《たもと》をひるがえしながら私たちの意識の空隙《くうげき》に入り込もうとしている。

それでも舞は確実に終わる。花は声をあげ、名残を惜しむかのように僧に語りかける。

地謡（合唱）がそれに続く。

「浅紫《あさむらさき》の杜若の花も悟りの心開けて
すはや今こそ草木国土悉皆《しっかい》(13)成仏の
御法《みのり》を得てこそ失せにけれ」

長絹という薄い衣の袖《そで》をひるがえして舞い納めた花の精は、いま蝶が羽根をたたむかのように、あるいは夕暮れの花びらが音もなく閉じるかのように袖をたたんだかと思うと、静々と橋の上を去ってゆく。静まりかえった客席にはほっと溜息がもれるが、拍手などない。「あのひと」が幕の向こうの暗がりの中に消えてゆくのを、私たちは静かに静かに見守っているのだ。「あのひと」は、時の流れの彼方《かなた》から現れ、自然のめぐりのような美しい舞を舞って、いままた時の流れの彼方に去ってしまった。しかし私たちの心の中に、「あのひと」の姿は永遠に生き、舞い続けるであろう。

能楽堂という特異な空間を通して、私たちはさまざまな「あのひとたち」と出会う。必ずしも異界からの使者たちだけではない。ときにはごく身近に住んでいた人たちの、どうしようもない悲しみやつきあげるような喜びを聞く。すさまじい嫉妬や呪いの声、母のすすり泣きや愛の喜びを聞く。

ただ明らかなことは、「あのひとたち」が、決して日常性の中に没していないということである。「あのひとたち」は舞台の上で、人間の生き死にの凄まじさ、愛や憎悪、戦いの悲惨さ、さらにはそれらを超越した境地や隠された聖性など、極限の人間性を伝えるために現れるのだ。だから「あのひとたち」は、面《おもて》という特別な顔をつけている。日常の人間の表情を超えて、さまざまな普遍的なものを語りかける、面という極限の顔を持たなければならないのだ。

面は、わずかな角度の変化や左右の運動で、隠微な、ときには強烈な感情を表現する。しかしその感情というのは、観客自身が感知するおのれの心の動きなのだ。面を自分の心という鏡に映してみて、観客みずからが作り出している表情なのである。表情は初めから能面に刻みこまれていたわけではない。

能における動きも日常的な動作ではない。数百年にわたって鍛錬してきた能役者の身体が、抽象的な身体運動としての型を組み合わせ連続させることによって、日常を超えた人間の本性をふちどってゆく。最小限の動きで、観客の心の中の劇を呼び覚ますのだ。

何ひとつ飾りのない吹き抜けの舞台に、鍛え込まれた肉体が、美しい能装束を直線的に身にまとって、異次元の面をつけて現れる。抽象的な型の連続の中についに「あのひとたち」の心と行為が現れる。それを読みとるのは、観客自身の参加する心である。そこに、いかなる情念の劇を観《み》ることができるか、人間のいかなる本性がさらけ出されるのか、そして、救いと慰めは得られるのか。それらは、観客自身が発見するのである。


能楽堂にゆく。

お目当ての能があっても、そうでなくてもいい。ときには魂をゆさぶられ、ときには深い眠りに落ちる。そこには、ふしぎに物を考える空間がある。現実と空白が入り交じるふしぎな時間が流れる。そして、めったに会うことのできない「あのひとたち」と会うことができる。

その出会いのために能楽堂にゆく。


（一九九五年　六一歳）

キメラの肖像

キマイラ（キメラ Chimaira）　ギリシャ神話の蛇の尾と背から山羊の頭が生える獅子の姿をし、口から火を吐く怪物。テュフォン（Typhön）とエキドナ（Echidna）の子で、英雄ベレロフォン（Bellerophön）に退治された。エトルスク美術の青銅製彫像《アレッツォのキマイラ》（フィレンツェ考古美術館）は名高い。

——『新潮世界美術辞典』（新潮社）より

キメラ　二種以上の遺伝形質の異なる細胞、あるいは異なる動物種の組織で構成された個体をキメラとよぶ。ギリシャ神話のキメラ（ライオンの頭とヒツジの胴に、ヘビの尾をもつ怪物）に語源をもつ。両生類や鳥類を利用した実験発生学の領域で胚の一部分を移植することによりキメラがつくられ、細胞移動や細胞系譜の仕事に利用されている。また、哺乳類ではＥＳ細胞（胚幹細胞）で遺伝子組換えや遺伝子ターゲッティングを行い、胚盤胞のステージで内細胞塊を入れ換えてつくるキメラマウスが盛んに利用されている。

——『分子細胞生物学辞典』(東京化学同人)より

鵺《ぬえ》(鵼)その時上下、手々《てんで》に火をともいて、これをご覧じ見給ふに、頭《かしら》は猿、むくろは狸、尾は蛇《くちなは》、手足は虎の姿なり。鳴く声鵼《ぬえ》にぞ似たりける。恐ろしなんども疎《おろ》かなり。——『平家物語』巻四「鵼」より

橋掛《はしがか》りの向こうの揚げ幕がゆっくりと揚がった。その先の暗がりに何かがうごめいたかと思うと、黒い小さなけもののようなものが低く揚げた幕の下を潜り抜けて矢のように走り出た。橋掛りの前勾欄《こうらん》(1)につんのめってぶつかるようにして止まり、袖を開いてちょっとこちらを見た。振り乱した真っ黒な髪の下から白い不気味な面がこちらを盗み見ている。左手には竹の棹《さお》を持っている。魔物のような舟人を乗せた黒い小舟が、暗渠《あんきょ》(2)をくぐり抜けて漕ぎ出してきたのだ。舟は杭《くい》か何かにぶつかって一度止まったが、すぐに向きを変えて急流を右手舞台奥の方に矢のように流れていった。黒い川の水面《みなも》が光り、岸辺の芦《あし》からはヒタヒタと波紋が広がった。舞台奥の太鼓座の近くまで流れて行った朽木《くちき》のような小舟は、芦の茂みにひっかかって止ま

った。舟端から黒い衣を着た小男がひょいと降り立った。急流を流れるあいだに、したたかに水を浴びたらしい。寒さにブルブル震えながら、諸国一見の旅の僧の前に立った。面は目に金の入った「怪士《あやかし》」、白い顔に下品に歪《ゆが》んだ唇を動かして僧に何かを訴えようとしている。

観世流の鬼才、橋岡久馬《はしおかきゅうま》(3)の演ずる能「鵺《ぬえ》」の前シテはこうして私たちの前に現れた(平成十一年四月、玉華会、宝生能楽堂)。黒い不気味な小男は、濡れた体をワナワナと震わせながら、僧に不審な身の上を物語り始める。近衛の院の御宇《ぎょう》(4)に、源頼政《みなもとのよりまさ》(5)の矢に射られて命を失った「鵺」という者の亡心《ぼうしん》(6)であると名宣《なの》り、心の闇を晴らすため、僧に回向《えこう》(7)を願う。

十五世紀に生まれ、劇作家でもあり能役者でもあった世阿弥《ぜあみ》(8)は、平家物語巻四の「鵺《ぬえ》」に題材をとって、異なった種の体の部分が一つの個体の中に共存しているキメラを、一曲の能に造形した。この能の演技を見ながら、現代の美術、文学、哲学に共通に横たわる主題、引き裂かれた内省的な「自己」の肖像について考えてみたい。

キメラというのは、ギリシャ神話に出てくる怪物で、一つの個体の中にライオン、山羊、蛇などの異種の生命が共存した異端の生き物である。巨人テュフォンと蝮女《まむし》エキドナが交わって生まれた不条理の子の一つである。同じ肚《はら》から生まれたスフィンクスは、人間の頭とライオンの体をもつ。ペルシャで生まれたトリの体をもった獣グリフォンも同類である。エジプトのホルス神やアヌビス神も、顔が鷹やジャッカルで体が人間だし、ヒンドゥー教のガネーシャ神（聖天）は顔が象、体が人間で立派なキメラの仲間である。

洋の東西を問わず神話の世界では、この種の生き物が頻繁に現れる。人智を超えた能力をもつ者への憧れと怖れが、それを作り出した。神話では、それぞれの動物が持つ能力が一つの個体に同居することによって、超能力を発揮するようになる。そこには、人間を取り巻く自然界に古代人が見出した人間を超えた力が結晶された。

スフィンクスはキメラの眼で人間存在を問いつめ、運命を予知し予言する。エジプトの神々は人間の生前の営みを評価し、死後の魂を守護したり罰を与える。ヒンドゥー教の神々は、さまざまな半獣半人の姿で人間世界の細部を分担して支配する。キメラは、はじめ人間を見つめる存在だったのだ。

その人間が神の前に確固たる自然の一部として存在するようになると、キメラのような異神は不要になった。中世から近世にかけて、少なくとも西欧世界ではキメラは姿を消した。不条理なものを排除して、人間の支配する世界を作り出そうという歩みだったのだから当然である。東洋でさえ、近世にはキメラは影の薄い存在となった。

しかしそうした自然観、人間観が崩壊した近代になってキメラは再び甦ったのである。しかもそれは自然界にではなくて、人間の内部にである。

その嚆矢《こうし》[9]をなしたのがシュルレアリスムであろう。今世紀初頭に活躍したシュルレアリスムの画家たち、マグリット[10]やエルンスト[11]などの世界はキメラなしには語ることはできない。

シュルレアリスムが採用しようとした新しい方法論、「純粋な心のオートマティスム」によって再発見された内的「自己」は、神のプログラムによって確実に再生産可能な統一のとれた人間という単一の種ではなかった。そこには、さまざまな異類の者たちが入り込んでいる。魚の顔をした女、鳥の目の男、蛇の頭に虎の腕をもった裸婦。これまで自明の統合的存在としていた自己の中には、多くの他者が入り込み、それぞれが自律性をもって動き出す。

キメラの部分がそれぞれもっている自律性に委ねることによって、人間にはこの時期新たな多くの可能性が広がった。それはフロイト[12]やユング[13]によって精神の不可視部分を見る手段ともなった。

人間の内部世界ばかりではない。人間を取り巻く外部の風景も、神が作り出した整合した自然ではなくなった。手術台の上にコウモリが寝そべっていても、首の生えた山があっても、耳の林があってもよい。キメラの眼でみれば、外的世界もまた常識的な境界を失う。

生命科学の世界でも種の区別は曖昧《あいまい》になった。人間もハツカネズミもニジマスも、遺伝子のDNAは共通である。だから人間の遺伝子も、大腸菌の中やハエの体の中で働くことができる。いや、植物だってウジムシだって、遺伝子の化学的構成は同じなのだ。だから人間の遺伝子を組み込んだジャガイモだってできる。

しかし個体のレベルでは、同一の生物内に共存する「他者」の生存は長くは続かなかった。互いの拒絶反応が始まるからだ。シュルレアリスムの崩壊は、共存する「他者」の、自己主張と自己暗示が互いに拒絶反応を起こした結果、必然的にもたらされたものと私は考えている。

事情は現代の科学でも同じである。生物学はいま、キメラを人工的に作り出すことに成功した。ヒツジやヤギのような近縁種では、発生初期の胚《はい》の内部細胞の塊を取り出してほかの動物の胚に注入することによって、ヒツジの細胞とヤギの細胞が共存するキメラを作り出すことができる。ヤギの顔と体つきをもった四足獣の体のあちこちに羊毛がとぐろを巻いて生えている。トリでは、卵の中で孵化《ふか》しようとしている胚を自由に操作できるので、もっといろいろなことができる。ウズラの神経管という部分の一部をニワトリの胚に移植することで作り出される、黒いウズラの羽根が生えているニワトリ。体はニワトリで、ウズラの脳をもった動物。このキメラは、ニワトリの発声器官を使ってウズラのようにキッキキーと断続的に鳴く。体はニワトリなのにウズラの行動を始めるのだ。

しかし、ニワトリの体にある免疫系が発達すると、ウズラの羽根は異物として拒絶されてしまう。ニワトリにウズラの行動様式を与えていた脳さえも、ニワトリ由来の免疫細胞に攻撃されて脳の機能不全のためキメラは死んでしまう。脳という「自己」を、体の免疫というもう一つの「自己」が異物として排除してしまうのだ。

これがキメラの運命である。ギリシャ神話のキメラが、ペガサスに乗ったベレロフォンに退治されたり、鵺が源三位《げんざんみ》頼政に射伏せられて、空舟《うつおぶね》で暗い淀川に流されたのと同じ運命である。外科医たちはいま、バブーンと呼ぶ猿の臓器を人間に移植する手術を始めている。猿どころか、ブタの心臓や腎臓の移植も準備中である。さらにブタの胚に人間の遺伝子を導入して、ヒト化したブタの臓器を作り出して、それを移植に応用するという研究もかなり進んでいる。科学の世界でもキメラは甦《よみがえ》ったのである。

さて、キメラの仲間である鵺は、旅の僧の前で何を物語るのだろうか。そのころ、天皇は夜な夜な丑《うし》の刻《こく》(14)になると悩みうなされていた。その同じ時刻に、東《とう》三条の森のあたりから黒雲のようなものが飛び立って御殿の屋根を覆《おお》うことがわかった。警護を命じられた頼政は、たった一人の郎党猪《い》の早太《はやた》を従えて御殿で待っていると、黒雲の中に怪しい影が見えたのでそれに向かって矢を放つ。射ち落とされた怪物に猪の早太が走り寄って九刀《ここのかたな》刺して仕止めた。謡曲本では「さて火を灯しよく見れば、頭《かしら》は猿、尾は蛇《くちなわ》、足手は虎の如くにて、鳴く声鵺に似たりけり。恐ろしなんども疎《おろ》かなる形なりけり」と続く。

すなわちキメラは天皇の心の中に棲《す》んでいた怪物で、それを頼政が退治するのだ。能では、舞台に現れた鵺の化身は、まず頼政になって屋根をキッと見上げ、よっぴきひょうと矢を放つと射られた鵺は転がり落ちる。得たりやおうと猪の早太が刀を抜いて九回も刺す。たいまつをかざして頭から尾までを見廻すのも猪の早太である。この登場人物すべてを、矢に当たって射落された鵺の化身が演じるのである。灯りに浮かび上がる鵺の姿を検分しているのも鵺の化身。すなわちここでは、鵺という「自己」を客体化して異物化する鵺が現れているのだ。キメラである「自己」を見ている「自己」そのものが、天皇、頼政、猪の早太という「非自己」の寄せ集めなのである。

身の上を物語った鵺の化身は棹を持って朽木の舟に乗って橋掛りに行き、「浮きぬ沈みぬ見えつ隠れ絶え絶えの、いくへに聞くは鵺の声、恐ろしや凄《すさま》しや」と幕の向こうの暗がりの中に消えて行った。鵺、すなわち「とらつぐみ」の夜鳴きの声を発するのも、それを聞いておびえているのも鵺の化身だったのである。「見られる」存在として甦った鵺が、「見る」存在である他者のキメラ性を暴いていく。そこにこの能の現代的な意味があるのだ。

こうした二重のキメラ的状況の中でこの能は後半を迎える。「有情非情、皆倶成仏道」という、ほとんど生物が共通に持つＤＮＡの普遍性を讃えるような僧の祈りの中に、「見られる」存在としての鵺が本体を現す。猿飛出《さるとびで》という赤い異形の面をかぶり、金襴《きんらん》の衣裳にマジックパワーの杖《つえ》を持っている。

鵺は再び頼政の矢に当たって死んだ自らの暗い運命を再現し、頼政が褒美《ほうび》に剣を賜わりさわやかにホトトギスの声を聞くところを演じたのち、自らは空舟に乗せられて暗い淀川に流された様を再現する。矢に当たったシテは両手を頭の後ろに立て、真っ赤な炎のような髪を振り乱してジグザグに下り、橋掛りで袖をかついで倒れ伏す。謡曲本にある和泉式部《いずみしきぶ》(15)の恐ろしい歌、「冥《くら》きより冥き道にぞ入りにける　遥かに照らせ山の端の月」とともに水中に没する姿である。

近代とともに甦ったキメラは、内的な「自己」相互の拒絶反応によって再び分裂し、シュルレアリスムは終わった。いまはるかに距離を置いて分裂した内的「自己」を再び眺めてみると、その「自己」を眺める「自己」も統一された全体ではなかった。この二重の曖昧性の中に、現代芸術の担い手たちのどのような「自己」が現れるのか、真昼の瞑想はつきない。

（一九九九年　六五歳）

記憶を持つ身体

舞はいうまでもなく能の最も基本的な身体表現である。一言で「表現」などというが、一体何を表現しているのだろうか。

どの曲をみても、舞が何か具体的な事象を表現しているという様子はない。ことに能の舞の代表である「大小序《じょ》ノ舞《まい》」は、言葉におきかえられるような感情や観念をそれ自身で表現しているとは思われない。

舞というのは、もともと具体的なしぐさや思い入れを組み合わせたものではなくて、高度に抽象的な身体運動のつながりとして成立したものである。それを構成しているのは、意味を持たないサシコミとかヒラキとかサユウといった要素（型）と、ハコビつまり歩行運動である。

舞はまずこうした身体運動の力学的積み重ねなのだ。たとえば、舞にかかる前にシテが両腕をやや開いて立ち、そのまま静止しているカマエをみると、シテの両腕の内角の扇型に広がる前方の空間に力が放散しているのがわかる。そこから初動運動としてのサシコミにかかると、放散していた力は、扇の先端が向かう一方向に集中するだろう。それに続く両腕を開きながら後退するヒラキでは、前方に直進していた力が左右に押し広げられて中和される。さらにサシ廻シのような型が続けば、ベクトルは別方向に転ぜられてゆく。舞は、こうした身体運動としての型がきわめて合理的につなげられ、力学的に積み重ねられてゆくのだ。

わたしはかつて、フランクフルト・バレー団の芸術監督で、すぐれたダンサーでもあるウィリアム・フォーサイス氏と、能の身体運動について論じたことがある。フォーサイス氏は、ヒラキの直前に両手を前で交叉《こうさ》させる形が、クラシックバレーで多用される指先を近づけるように両腕を前で丸くかかえるバレーの基本形に似ていると指摘した。バレーでは、この形のまま爪先を立てて歩行したりするが、能では腕の間にため込んだ力をすぐに引き裂いて、エネルギーを放散させてしまう。それがヒラキであれば、力は中和されてもとのカマエに戻るが、雲ノ扇のように上下に引き分けられれば、力ははるかかなたの一点に放たれる。心はそこに向かう。

フォーサイス氏のバレー術は、ひとつの偶発的な身体運動が次々に新しい動きを誘発してゆくのを基調にしているが、能の舞の動力学が、現代の最も前衛的なバレーの手法に共通していることは興味深い事実である。

序ノ舞の手順は、どの曲でもほぼ同一である。「井筒」の序ノ舞も「野宮《ののみや》」の序ノ舞も、多少の軽重の差はあっても型は同じである。「定家」では舞の段をとるところが少々変えられたりするが（呂中甲ノ舞）、舞の身体運動のつながりに大きな差はない。それなのに観客は、曲ごとに全く別の世界が現れるのを見てしまう。それこそが舞における「表現」でなくて何であろうか。そしてそれはなぜなのか。

舞の前後には、劇としての能の物語部分がある。シテ(1)は、その物語部分の前半をていねいになぞった身体で舞にかかる。シテの身体は、すでに物語の記憶を担っているのだ。

笛が「序」の符を吹き始めると、大小鼓は声をあげて舞へと肉体を誘惑する。シテは足をすべらせて一歩前に出し爪先をあげ、小鼓の音とともにそれを下ろし、足をひきつけて拍子をふむ。二歩、三歩。こうして物語の記憶を担った身体が、こちらの意識に向かって歩んでくる。

そして両袖を広げたとたんに、シテの姿はもう舞を舞う身体に変貌しているのだ。

舞はこの手続きを踏んで、物語が語ることを中断したところに広がった、意味の空白の中で舞われる。シテは、劇の前半を物語ったことで高揚した身体で舞い始めるのだ。観客は、シテの身体が物語の記憶の上にサシたりヒライたりするのに同化してゆく。観世寿夫《かんぜひさお》(2)は、「サシコミ・ヒラキは息のつめひらきそのものである。辺りの空気を一瞬凝縮させ、そしてくつろげる。見る人一人一人が共にそれを呼吸する。それが能だ。そうありたい。」と書いている(『心より心に伝ふる花』白水社、一九九一年)。

シテと観客のこの共同作業の結果として生み出されるのが舞の表現である。もともとが無意味な身体運動のつながりで、何の思い入れもないからこそ、観客はそこに身体の記憶としての表現をよみとることができるのだ。

序ノ舞では、記憶を持ったシテの身体の運動によって舞台の空間にはさまざまな力が走り、放散し、ぶつかり、中和される。舞台というベクトル空間が刻々と変化してゆくのだ。観客は、シテの力で高度に凝縮された空白の空間に意味のある何ものかを見てとる。

だから舞の表現とは、と聞かれれば、それはシテの記憶を持った身体が作り出した濃密な空間に観客が自から描き出すおのれの情念、あるいは思索とでも答えることができるかもしれない。

（一九九七年 六三歳）

里のカミがやってくる

生物の生や死をいつも物質的に扱っている私のような研究者には、神秘的とか神わざのような、というような生命現象にはいくらでも出合う機会がある。だからといってそこに神をみるというようなことはしない。どんなに神秘的にみえようと、それは遺伝子と分子が複雑に織りなした機械的な反応にまで必ず還元されることを知っているからだ。

そんな私が、ひょっとするとこういうのを神とでもいうんだろうかと思ったことがある。黒《くろ》川能《かわのう》の王祇祭《おうぎさい》で、(1)「所仏則《ところぶつそく》」の翁というのを観たときのことである。

二月一日の夜、しんしんと降りしきる雪の中でカミサマを迎える宵祭りの能が始まる。能は吹雪の夜を徹して舞われ、時折村人の眠りを覚ますかのような笛のヒシギ(高音)が、雪の中に鳴り響く。夜が白々とあけてまばゆい朝日が雪にはね返るころ、待ちかねたように人々は春日《かすが》神社社殿の舞台へと急ぐ。夜来の酒が残った頭はまだ朦朧《もうろう》としている。

大地を踏みしめる少年の露払いが済むと、いよいよカミのお出ましである。それが「所仏則」の翁という里のカミなのである。五流の能(2)の翁とは面も型も全くちがう。ナマナマしく、アヤしいカミである。黒川の人々は「神はあるものだ」というが、私は「所仏則」の翁をみて、自分の血の中にひそむカミをみてしまったような胸さわぎを覚えた。そのカミはいまでもどこかに生きていてはるか山から、祭りの日には里にやってくるのだ。

あれは、あんまり長生きしたので呆けてしまい、フシギな寝言をうそぶいていたジジが、おっ死《ち》んでヤマに行ってしまったと聞いている、あのゴセンゾサマのひとりなのか、それとも田の神さまになったはずの別の死者の現われなのか。扇を開いてはうつろな眼で凝視し、そこに現われた何だかわからない呪文を読み取ろうとしている。アヤしい面のしぐさは、私たちの心の眼底を舐《な》めまわすように点検して、日本人の意識の奥底にひそんでいたカミへの思いを呼びさまそうとしている。

このカミは、その後しばらくの間私の心の中に住みついてしまい、遺伝子だけがたどることのできる原初の人間の言葉をささやこうとしたように思われる。どうやら日本人が農耕を始めた縄文のころからこの国に住みつき、遺伝子の中に宿って、あちこちで姿をかえながら出没していたのではないだろうか。なにしろＤＮＡの中にいるのだから、このカミからだけは逃げることができない。ゴセンゾサマといっていたのもこのカミサマらしいし、遠い山ばかりではなく、土蔵の陰や勝手口などにもいるらしいが、久しく思い出すことがなかった。それが黒川能にはまだ生きていて、記憶さえしていない原初の胸さわぎを起こさせたのではないだろうか。

（一九九六年 六二歳）

面を打つ

能面はもともと、お能という演劇で使われる舞台道具のひとつである。しかし面の持つ、独特の生命力のせいか、舞台をはなれた美術品としてもユニークな位置をしめている。最近は、面打ち教室などもできて、ちょっとしたブームになっているという。そうなると、私のような百パーセント自己流でできそこないの能面らしきものを彫っているようなものには、面打ちについて語る資格はないのだが、それでも自分で作ってみて初めて納得のゆくこともあるし、面そのものについての理解も深まることもあるのだから、せめて下手の横好きの長談義とお許しいただきたい。

私のように心やすまらぬ研究などという仕事を持っているものが、面打ちという、気が遠くなるほど時間のかかる趣味を持つようになったのは、いくつかの理由がある。まず第一に、学生のころからお能を観るのが好きで、舞台から語りかけてくるあの生き生きした能面を、なんとかして手許において、いろいろな角度から対話してみたいと思うようになった。しかし貧乏学者の私などに良い面を買うなどは、とうていできない相談である。唯一可能なことは、自分で面の写しをこしらえて手許におくことぐらいである。

第二には、職住接近もよいところ、研究室から十分以内のところに住んでいると、逆に毎日の気分転換ができない。いつも自宅待機状態が続いていたのではやりきれない。深夜に仕事を終えて帰って、いつでも始められまた中止できる、しかも瞬間的に没頭できるようなことがどうしても必要だった。期限のない面作りは、この条件にピッタリだし、深夜たとえ十分間だけでも、サクサクと香りのよい檜《ひのき》の木を削るのは、ストレスを解消するもっとも理想的な方法である。事実その瞬間、あらゆるこの世の雑事は視界から消え去り、あの世の超絶した人間と、瞬時ながらも対話できるという新しい経験を持つようになった。

もっと決定的なことは、私の親友の早過ぎた死であった。中学のころからいつも人生をいっしょに歩いてきた画家の永井俊作が、四十あまりで癌《がん》で早世した。何度もの手術を繰り返しながら、ついに再発して癌センターに入院した友を毎日見舞っていると、その端正な顔が、日ごとに能面のように変わってゆくのがわかった。それは、まぎれもなく死と対決し、徐々に死を超越してゆくものの顔であった。

眉間《みけん》に特徴のある縦じわがある「中将」という面は、壇の浦に身をなげて果てた「清経《きよつね》」や、都に千賀《ちか》の塩竈《しおがま》の侘《わ》びた風景を再現し、この世ならぬ月光の下に舞う「融《とおる》」の大臣《おとど》などに使われる面だが、そこにはまさしく死と超越の相貌《そうぼう》が刻み込まれている。なすすべもなく、死に近づいてゆく友と対面していた私は、ある夜ひそかに、そんな心で「中将」の面を彫り始めた。そこには、死に急いだ友のイメージが重なっていた。

こうして能面には、単なる美術品としてだけでなく、生きた情念や思想がなまなましく息づいている。現代において面を打つのは創作ではなく、必ず古面《こめん》の「写し」をするのにもかかわらず、それがかえって個性的な営みになるのはそのせいである。だいたい、「面をつける」ということき、それは面の持っている霊的なものに憑《つ》かれる、という意味が含まれているのである。

能楽師は鏡の間で、すっかり装束をつけた上で、最後は面を凝視し、おし頂いてそれをつけ、その瞬間に面の人物に変身するのである。

能面の代表は、女面《おんなめん》、ことに若い女の典型である「小面《こおもて》」である。面打ちは「小面からはじまって小面に終わる」といわれるように、こういう特徴のないのが一番むずかしい。金剛家蔵の伝・竜右衛門作の「小面」に寸分たがわず模したものがもっとも多く流布《るふ》しているが、類型がはっきりしていればいるほど、ほんの少しずつ違った名作もたくさん残っており、それによってお能の味わいも大変違っている。

「小面」は、年若い乙女の表情を持つと同時に、三本の乱れのない流れるような毛書きが特徴となっている。同じ三本の毛書きは「班女《はんじょ》」という特殊な面ぐらいにしか用いられず、他の女面では、毛書きが額の横で交わったり、分岐したりして、もっと複雑な心の動きを表す。何日も、いや私などでは何十日もかけて打ち上げ、胡粉《ごふん》(1)でたんねんに仕上げた面に、この毛書きをほどこす日がやってくる。心を落ち着け、覚悟をきめ、鉛筆で薄い印をつけておいて、息をつめていっきに描く。震えるなどというのは許されない。同様にまぶたをひき、眼には細い陰影の毛書きが入る。眉《まゆ》もまた、細い描線が重なったものである。

一気に毛書きにとんでしまったが、その前の木地《きじ》の仕上げもむずかしい。最初数キログラムあった檜の材木から、彫りに彫って打ち上がった木地は蝶の羽根のような軽い一枚の木っ葉になっている。このころには、でき上がる女人のイメージも大きくなり、期待がますますふくらんでくる、と同時に忍耐力も精神力も限界に達して、先を急ぐ心も強い。

しかし打ち上がった木地の裏を漆《うるし》で仕上げ、表を胡粉で塗るもうひとつのいちじるしく根気のいる工程が残っている。粗い胡粉を三千本膠《にかわ》(2)で溶いて何度もぬる。乾けば紙やすりでみがき落とす。それを何度も繰り返すのである。この段階で少々彫りそこなったのを直すことができるかというとそうはいかない。自分の彫刻の未熟さを見せつけるように、胡粉仕上げは残酷なまでに彫りの欠点をあばき出す。その上、膠の濃度と天候や気温の関係で、胡粉の下地にひびが入ったり、膠がしみ出したりして、まことに厄介《やっかい》なものである。

こうして石膏《せっこう》像のようにすべすべに仕上げた面の下地に、最後の上塗りをほどこすときがくる。今度は上質の胡粉に顔彩《がんさい》(3)を加え、面の最終的にあるべき色を作り出す。顔彩は、乾燥したときとぬれているときではちがう色が出るので、この段階で間違えたら、あとは全部洗い流してもう一度挑戦するよりほかはない。そのためにはまた何十日も費やさなければならないことになる。

この工程で古人は卓抜な技巧を発明している。そのひとつは刷毛目《はけめ》と称している技術である。上塗りを、ある秘密の条件下で行うと、塗った胡粉に筆の刷毛目が残る。そこに時間とともにマカフシギな化学反応がおき、微細なよごれがしみこんで、微妙な陰影を作り出すのである。刷毛目が水平についていると、ちょっと面を曇らせた（うつむかせた）とき、上方からの光でさっとかげりができる。

たとえば、この刷毛目が強くついている女面では、現今の能舞台の構造でさえ、曇らせたときの憂《うれ》いが強調される。ときには御簾《みす》の中の女御《にょうご》の面影を彷彿《ほうふつ》とさせたりする。刷毛目を残すなどという高級な技術は面打ちの本を読んでもほとんど書いてない。膠を放置して半分くさらせたり、方解石《ほうかいせき》のようなものを混ぜたりして、やっとそれらしい刷毛目がつくようになる。

上塗りの胡粉の調子はますますやっかいで、うっかりすると厚化粧のようになって乾くとはげてしまったりする。よい古面では、この最後の段階までたんねんに塗り重ねて、みごとな効果を作るのに成功している。「葵上《あおいのうえ》」の六条の御息所《みやすんどころ》などに使われる嫉妬の思いを内にこめた「泥眼《でいがん》」という面では、刷毛目が額で交叉《こうさ》するように斜めに使われ、そのかげりの変化が憂愁と激情の間をはげしく往復する。このあたりの技法は、日本画というより、油絵的あるいはグワッシュ[4]的でさえある。

その上、最後には能面独特の彩色法で、いわゆる古色という色出しをする。それはよごして古物らしくするというインチキではなくて、平板的な面をより立体的にする一種の陰影法である。ここに至っては、本に記述はまったくなく、自分で試みを重ねるほかはない。古色は、油彩のような上塗りの上に、一枚の薄い透明な陰影の膜をつけるのである。さらに塗ってからいく月か経つにつれて、膠が酸化して自然の古色が深まってゆく。これはメイラード反応という、現在でも完全には解明されていない多糖類《たとうるい》の酸化による化学反応で、時間という不可抗力が仕上げる最後のタッチなのである。歴史の重み、時の美しさは、どうやらこの反応によるものらしい。

こうして、ひとつの面ができ上がる。それは日々異なった表情で、私に語りかける。と同時に、時間というあともどりのできない力によってさらに少しずつ生色《せいしょく》を帯びて、成長してゆくのである。死蔵した面でなくて、舞台で使われている面にこそ、いきいきとした生命力を感じるのは、面の表面のあの薄い膜が呼吸し続けているからであろう。

（一九八四年　五〇歳）

裏の裏

何でもひっくり返してみる人がいる。お守りとかお札とか、たいていひっくり返したりはがしたりしてみないと気がすまない。私もその仲間で、妙なことを見つけたりする。

能面の裏の味わいというのを教えてくれたのは、独自の芸風で有名な能楽師の橋岡久馬《はしおかきゅうま》さんである。橋岡さんは能の道具としてでなく、能面そのものの美に見識をもつ稀《まれ》な能楽師である。能面はもちろん表から眺めるものだが、面好きは裏の風情《ふぜい》も楽しむ。よい面の裏は必ず別の美しさを持っている。

表の方は、何十日もかかって打ちあげた木地《きじ》に、何度も胡粉《ごふん》を塗り、とぎ出し、それを繰り返した上で、彩色し毛書きをほどこして完成したもので、もう木地の様子はうかがうべくもない。しかし、裏には、木材を切って形を作り（木取り）、荒彫り、こなし、木地仕上げ、といったもっとも根気のいる手仕事の最後の努力のあとが、そのまま残っている。ことに裏の仕上げのころには、大きな木材だった材料は薄くて軽い一枚の木っ葉のようになってしまう、いわば気力の持続の限界がそこに現れる。

またそのころになると、表の持つイメージが心の中に定着して、裏の細工にもそれが無意識のうちに現れるようになる。そこにうるしを塗り、さらにそれを拭《ぬぐ》いとるような技巧をほどこす。面打ち師の木彫家としての技能の冴え、刀痕《とうこん》やかんなの目が、そのひとの呼吸や個性そのままに残っているのは面うらだけである。そこに浮き上がったかんな目や、それとなく刻みこんだいわゆる「知らせかんな」は、作者の鑑定にも役立つが、みずから名を押印《おういん》することさえしなかった中世の面打ち師の気迫が私たちに語りかけてくれるもっとも個性的な部分でもある。

神の化身の老人の面裏は、神さびてすがすがしい曲面になっているし、幽霊の面うらには、不気味な妖気がただよう。ある所蔵家に拝見させていただいた「痩女《やせおんな》」の面裏では、眼がザックリと一文字に切りとられ、表にもましてぞっとするようなざらざらの肌あいになっていた。人の世の無常を、ぐいと見せつけられた思いであった。

一方熊坂《くまさか》長範の役で使われる「長霊癋見《ちょうれいべしみ》」という面の裏には、飄々《ひょうひょう》とあばたのような彫りあとがあったりする。面打ち師の心の動きが伝わってくるようだ。ちょっとした面では、ことに江戸時代の五流の太夫《たゆう》が作者名を保証して、自分の名を金泥《きんでい》で書き込んだ、いわゆる「極《きわ》め」が入っている。「極めつき」というのはここからきているが、しばしば信用がならない。あるはずのない「赤鶴作《しゃくづる》」などというのがざらにあるのは、この間違った「極め」のせいである。

能楽師が鏡の間で面をつけるとき、最後に眼にするのは面裏である。それが肌についたとき、まさに面の人物と化すのである。だから憑霊《ひょうれい》と同じように面をつけるという。また肉づきの面などという伝説が出来たのも、面裏と能楽師が一体化するという過程があるからであろう。

面が、死蔵されるのではなく、舞台で使い込まれることによって新しい生命を得るように、面うらも、使われることによって生き生きしてくる。使ったときの汗が塩になってついていたり、顔へのあたりがよくなるように、削《そ》いであったり、あて木がついていたりするが、そういうのは決まってよい面である。

能面のみならず、鼓《つづみ》の胴などでも、人の眼にふれない内側の方に予期せぬ風情を発見することがある。外側の蒔絵《まきえ》が目を奪うようなけんらんたる名品でも、内側からは胴を彫った名工のささやきや、つぶやきが聞こえてくるような気がする。古い胴ではまだロクロの使われていない時代なので、正円形になってないのがかえって風情を増している。さわやかでひかえ目なカンナ目の見えるものや、ヤタラ彫りという荒々しい手法で表面がダイナミックに浮き上がっているのもある。面裏と同じように、ここにはしばしば「極め」や所蔵者名が彫りこまれていたりする。

ちなみに鼓は、この胴の両端に、二枚の皮をあて、麻紐《あさひも》でしめて演奏する。この紐（調べ）を微妙に調節することによって、小鼓では、あの独特なポオンという多音階の音が生ずるのである。大鼓《おおかわ》は、厚い皮を炭火でカンカンに焙《ほう》じてしめあげ、指に美濃《みの》紙で作った指貫《ゆびぬき》をはめて打ちこむ。

小鼓の革は、しなやかな馬の革で鉄の輪をつつみ込むように巻き、胴にあたる部分の外側で十六針縫ったのちに周辺部分を漆《うるし》で塗りかためる。十六針の上を円形に黒漆で仕上げ、紐の通る六つの穴にも花型の漆の模様が描かれているのは御承知の通りである。シンプルで均整のとれた日本の代表的なデザインである。

それでは、胴の中に入ってしまう革の内側はどうであろうか。小鼓の革は、表革《おもてがわ》と裏革《うらがわ》とがあって手で打つほうが表で、やや厚い。革をかえしてみると、ことに裏革のまた裏側に、しばしば面白い細工がしてある。それは革の中央部に、まるでおヘソのように小さな円形の鹿皮《しかがわ》がはってあるのである。大きさはたかだか径一センチ程度である。この皮をはがしてしまうと、鼓は打てども打てども、ウンともスンともいわなくなってしまう。

裏の裏の中心に、飯粒ではりつけた鹿皮の小片を、「裏ばり」とか「調子皮」というが、この皮は、裏革が手で打ち込まれた表革と反響するよう、調子を整える重要な役割をしているのである。この「裏ばり」を上手に調整すると、いままで鳴らなかった鼓が、突然生きもののように鳴り始めるのである。ときには裏革には、息をふきかけたり和紙の小片を唾《つば》ではって調子を整える。日本人の工夫した卓抜な音楽的な発明である。私が、この小文の標題を「裏の裏」としたのは、この秘密の故《ゆえ》である。

能衣装をひくまでもなく、人に見えない羽織の裏などにもっとも美しい材料を使った日本人の美意識は、能面の裏に、鼓胴の内側に生きている。その上、代表的な日本の楽器である鼓の皮には、表面の大胆でシンプルな美しさの裏面、すなわち裏の裏にいたるまで、音楽的な細心の工夫がこらされている。

最近では、能面ブームといわれるほど面を打つ人が多くなったが、新しい面で本当に裏まで美しいのは少ない。ところで、あなた自身の面裏は？　などと聞かれたら、もっとドッキリするところである。

（一九八四年　五〇歳）

春の鼓《つづみ》

花散るや鼓あつかふ膝《ひざ》の上

チ、ポ、と鼓打たうよ花月夜　　松本たかし

お能の名家に生まれたが、病身のため能舞台を断念し、独自な透明な世界をひらいた俳人松本たかしに、夜の落花が散りかかっている。潤《うる》んだ春の月のもとに、ややしめりがちな鼓を打つ擬音、チ、ポ、があたたかい慰めを与えてくれるようだ。

私も、折にふれて鼓を打つ。鼓はことに春の夜がいい。忙しい日常の中で、鼓を肩にのせてチ、ポ、とほのかに調べる。チは、右手の薬指で、革の円周部分（革口という）を軽く打つ。このとき左手は、握っているひも（シラベという）をぐっとしめる。ひそかな虫の音にも似た

高い衝撃音だ。ポは、いわゆるポンで、右手の指がパラリと皮の中心を打つ。このとき左手はシラベをぐっとしめ、そして瞬間的にゆるめる。革は右手が打ったとき緊張し、ついでゆるむ。この一瞬の複雑な操作によって、小鼓独特のポオンというやわらかい多音階的な音が生まれる。

小鼓では、このほかに、ややゆるめた革の中心を人指し指で打つプという音と、張りつめた革口を中指と薬指で打ちこむタという音がある。タを打つときは、しばしばイヤーというかけ声がかかり、これをカシラともいう。小鼓の手というのは、基本的にはこれらの四つの音、チ、ポ、プ、タの組み合わせで構成されているのである。植物のタンポポという名は、この鼓の音から来ている。

しらべるというのは、小鼓の調子をとることで、本当は決まった順序でチポプタを打つ。お能が始まる前、鏡の間からこのオシラベの音が聞こえる。その日のお能の前奏曲である。

私などは、順序にとらわれることなく春の夜の興趣にまかせて、小鼓の革のおもむくまま、チ、ポ、を打つ。シラベのしめぐあいをなおし、呼吸をととのえ、姿勢を正し、革に息を吹きかけてしめりを与えて、おもむろに打つ。ポの抜けるような音、チのささやくような音を右の耳が聞き、そしてゆっくりと幽玄の境へと入ってゆく。

小鼓は、大変デリケートな楽器である。冬と夏ではまるで音が違うし、シラベをしめる具合も違う。天候によっても大いに左右される。明日の天気予報ができるくらいである。真冬だと、少し腰の抜けたような革の方が音が出るし、鳴りにくい革が梅雨時だけは美しい音を出すということもある。さらに裏革《うらがわ》の中心に唾液《だえき》でぬらした和紙の小片を張りつけて、表革《おもてがわ》とのバランスやしめり気を調節する。いい革なのに、胴（木製の部分）をきらって、特定の胴とだけしか共鳴しないようなこともある。そういう相手の微妙なところを知った上で、時々おつき合いして頂くのは、年来の友とよい酒をくみかわすのに似ている。

興趣がわけば、いくつかの手組みをならべてみる。すると幻の笛が聞こえ、大鼓《おおかわ》のカンという衝撃的な音を打つ袂《たもと》の風が鳴り、太鼓の鋭い掛け声が、そしてテンという太鼓の一打が響く。それにさそわれるように私の記憶は呼びさまされて、忘れているはずの一連の手組みがスラスラと出てくる。幻のなかに平家の武者の亡霊が現れ、草木の精の美女が舞い、怨《うら》みの悪霊《あくりょう》が足拍子を響かせる。しかし終わってみれば、その幻想はひとときに消え去り、私はただ小鼓のシラベの紐を解くばかりである。

いっとき学生のころは能楽堂にいりびたりだった。あのころ、ひどく人生に悩んでいた。かけもちで一日二カ所のお能を観たこともあった。そのうちむしょうに何かやりたくなった。大鼓方大倉流の達人だった故大倉七左衛門師から、大鼓そして小鼓の稽古《けいこ》を受けるようになったのは、まだ医学部の学生のころだった。

小鼓は、初めは鳴らない。いつ妙音が響くのかと思っていると、あるときふと、突然に鼓が鳴り始める。表革に共鳴して裏革が生きもののように鳴る。いわゆる音が抜けるという、感得の一瞬である。

しかし鳴る鳴らぬなどは本当は問題ではない。やがては大鼓と小鼓の手組みを右手と左手が別々に覚え、両手に持った張り扇で打つ、いわゆる地拍子《じびょうし》を打つことができるようになる。いくつかの能の、舞いを含んだ部分を打ちわけられるようになると、いよいよ新しい喜びが得られるようになる。

そもそも謡曲の「拍子合《ひょうしあい》」の部分は、基本的には八拍子に割ることができるのだが、言葉や囃子《はやし》の手組みに応じて、それがきわめて複雑に伸縮するのである。それを打ちわけてゆくのが、拍子を習うことの醍醐味《だいごみ》でもある。能の持っているほとんどコスミックといっていいような表現の深さは、実はこの自在な拍子のおかげであるといっていい。

毎週の稽古に汗を流し、京成電車の窓の風をぐっしょりとぬれたえり元に受けながら帰るのが、私の青春時代の楽しみのひとつであった。

そんなわけでもともと大鼓を習うことに始まったのだが、大鼓は打つ前に皮を焙《ほう》じたりで、いつでもちょっとというわけにはゆかない。それで同時に教えていただいた小鼓の方を時々とり出して打ってみるというのが習いとなった。

医学生の私に、ちょっと素人《しろうと》への稽古とは違ったやり方で教えてくれた七左衛門先生から、こんなことを聞いたことがある。

太鼓は天から打ちおろす。大鼓は横なぎにする。それに対して小鼓は、下から上に打ちあげる。だから地面から草木の芽がのびゆくような心で打ちなさい、と。

そうすると、太鼓は天からの雨、そして大鼓が地平を渡る風、それもいささかはげしい春一番の横なぎの風で、それに誘われて地に眠っていたいぶきがやわらかく吹きだすのが小鼓であろうか。たしかに小鼓は、ハァ（ホウと聞こえる）とか、ヤァ（ヨウと聞こえる）といったやわらかいかけ声とともに、まろやかに手が打ちあげ、ポオンと春の夜のしめった夜気にとけ込む余韻を楽しむ。

「道成寺《どうじようじ》」の乱拍子のように、裂帛《れつぱく》(1)の気合いとともに魂を震撼《しんかん》させる激しさを表現するのもあるが、一般には大鼓のシカケに応じて軟らかに答え、曲折に富んだ手組みを綾《あや》なして、草木が萌《も》えいずるように、一曲をとりまく——風景を描き出すのが小鼓なのである。気負うことなく静かに鼓をかまえると、はなやいだ春の夜に空気のようにとけ込んでしまう。

私のような科学の研究といった非情な仕事を持っている者が、その世界だけに沈潜してしまうのは、ときには危険である。実験で頭がコチコチになって帰宅したとき、しばしば私は鼓をとり出す。朧月《おぼろづき》の春の夜など、端座して小鼓をとりあげ、チ、ポ、と調べると、幻想の草木が春の空にのびゆき、幻の女人が月光に舞う。人間というあわれはかないものながら、自由な精神が聖なるものに向かってひろがってゆくのを感じることができる。そしてそれはひたすらに積みかさねてゆく科学という営為を、人間の側から見直してゆく勇気を与えてくれるように思う。

（一九八二年　四八歳）

からだの声をきく

今年の三月は、アフリカ大陸南部を旅行した。アフリカに行って気付いたのは、ここではふだん日本では気付いていなかったような体の実感を思い出すことである。

たとえば、ジリジリと照りつける太陽の下を歩いて、ひんやりとした木陰のスタンドに駆け込み、冷たいミネラルウォーターを一杯飲む。すると水はまず口腔《こうくう》を冷たく潤《うるお》し、咽喉《のど》を高速度で通過して食道を落下してゆく。胃の中で水しぶきが上がっているのがわかる。やがてそれはじんわりと小腸に達し、またたく間に吸収されてゆくのがわかる。乾いていた手足の筋肉がみるみる潤ってゆく。長いこと忘れていた甘露《かんろ》のありがたさである。

炎天下で空腹になると、胃が叫び声をあげる。トウモロコシの粉を練ったサザという食べ物に、岩塩をつけただけの昼食がなんとおいしいことか。こみあげてくるほどの全消化管の分泌液がそれを迎え入れている。

蚊に刺されると、マラリアの原虫がおびただしい数で血管の中を流れてゆく幻影を見るし、ちょっとお腹がしぶると巨大な蛔虫《かいちゅう》が腸の中をくねくねと行進しているのをつい想像してしまう。アフリカでは体は直接に外界とつながり、自然の一部として自覚されるのだ。

私はこの旅の間に、ジンバブエの首都ハラレで、マラリア対策のため長年アフリカに滞在している日本人の寄生虫学者、堤可厚《つつみよしあつ》先生を訪ねた。堤先生によれば今年のジンバブエは雨季が長く、蚊が発生してマラリア患者が多発した。蚊はＤＤＴなどの殺虫剤に抵抗性を持つようになって駆除が難しい。マラリア原虫の方も、クロロキンなどの抗マラリア剤に耐性を獲得して治療が困難となっている。いきおい大勢の住民がマラリアのために命を落としている。

ことに南部の低地では、ヴィクトリアの滝の水を集めたザンベジ川に巨大なダムが建設され、豊かな電力の供給と、広範な灌漑《かんがい》による農地が作り出されたが、一方では蚊の大発生を促して、マラリア猖獗《しょうけつ》(1)の原因となった。私は文明と病気の皮肉な関係を思わざるを得なかった。

堤先生は、もう二十年余りもケニア、ザンビア、ジンバブエなどの国々を廻りながら、伝染病対策の仕事をしている。私はこの訪問の際、アフリカでの先生の活動を根掘り葉掘り聞いた。私にとって先生の話は、みな新鮮で驚きに満ちたものであった。

堤先生は、ケニアのマサイ族と暮らしたときのことを話してくれた。彼らがようやく心を開いて先生を迎え入れてくれるようになったとき、先生は部族の長老に次のように質問した。

「人間にとって一番大切なものは何だと思うか」

長老は堤先生を見下すようにして言った。

「お前はドクターだろう。しかも、その年になってそんなことも知らないのか」

そして続けた。「それは胃袋だ。胃袋がダメになれば人間は死ぬ。その証拠に、人間が死ぬときには食べ物が入らなくなるだろう。また、森で死んだ動物の腹を切り開いてみると胃袋に必ず血が入っている。だから胃袋が一番大事なのだ」と。

ついで長老が堤先生に質問した。「お前はどうして眼がこの高さについているかわかるか」

あっけにとられている堤先生に、マサイの長老は言った。「こんなことも知らないのか、その年をして。眼がここにあるのは、立って遠くを眺めたとき、一日で歩き着ける地点を見るためなのだ。誰でも、立って自分の眼のとどくところまでは歩いてゆくことができる」

「でも身長が高い人もいるし、低い人もいるでしょう」と抗弁すると、また軽蔑するように長老は言った。「背の高い人は脚も長い。見える所も遠いが、歩ける距離も長くなる。そんなこともわからないのか、その年をして」と。

堤先生のこんな話を聞いていると、私たちがいかに人間の体についての実感を失っているかを思い知らされる。アフリカの苛酷な自然の中では、体はまさに自然との関係で存在している。体の部分それぞれが具体的な役割を主張しているのだ。だからここでは、文明国ではとうに忘れられてしまった体のナマの声を聞くことができるのだろう。

近代的医療や臓器移植などが進むにつれて、それぞれの臓器や組織は単なる部品のように扱われるようになった。病気にでもならなければ、実感をもって臓器を考えることは少ない。その一つひとつが生命という全体を支え、また生命に支えられながら動いていることを忘れがちである。私は、マサイの長老の話に深く教えられるところがあると思った。

（一九九七年 六三歳）

ビルマの鳥の木《バードトリー》

インヤレークホテルの前は広々とした森で、盆栽のさつきの木を引き延ばしてまあるく刈り込んだような大木が、見渡すかぎり生えている。私の部屋は五階の中央なので、広い窓からこの木々を見下ろすような位置にあった。

森のちょっと手前、ホテルの前庭の向こうに、幹の白い大木が一本離れて立っている。これも夕空に向かっていっぱいに枝を広げていた。

ホテルのボーイに聞いても名前がわからないので、私はこの木を白い木《ホワイトトリー》、奥の黒い木々を黒い木《ブラックトリー》と呼んでいた。あとで、同行した長崎大学の生物学者・小路武彦《こうじたけひこ》さんが、白い木《ホワイトトリー》はビルマ語でティット・ポープ、黒い木《ブラックトリー》のほうはカティットと呼ばれていると教えてくれた。熱帯のこの国のどこに行っても、この二種類の木は、まるで根っこがどこかでつながっているようにはびこっていた。

このホテルの前も、視界の届く限り黒い木《ブラックトリー》がつらなった密林で、これがビルマの首都とは思えないほどだった。ただ、ホテルの裏のほうにはゴルフ場やプールがあって、手入れの行き届いた庭が、広々とした緑の湖、インヤレークにつながっている。

レークの向こうには政府の要人の住宅があるそうで、夜になるとキラキラと明かりが湖水に映り、軍のサーチライトが、時々スッと尾を引いてこちらを向くのが見えた。後になって、ビルマの民主化運動の象徴的存在アウン・サン・スー・チー(1)女史が軟禁されたのも、そのあたりである。

ミャンマーがまだビルマといっていたころ、熱帯の伝染病とその対策のための研究協力で、一九八七年に初めてこの国にきた。日本では想像もつかないような伝染病がまだビルマには残っていた。リウマチ熱、結核、ポリオ、悪性の下痢、敗血症など、もうほとんど教科書でしかお目にかかれない病気が、ごく無雑作に病院の中にあった。私は、死と隣り合わせにあえいでいる子どもたちが入院している暑い病院に接した生物医学研究センターに通うことになった。

もともとこの医療協力プロジェクトは、欧米とはほとんど正規の外交関係のないビルマが、日本の国際協力事業団に感染症対策の研究協力を求めて成立したものである。日本側の団長の浜島義博《はましまよしひろ》・京都大学教授（現・武蔵野女子学院長）は、長年にわたってこのプロジェクトを情熱的に推進し、一度は原因不明の感染症にかかって死地をさ迷いながらも現地に留まった。ビルマでは別格の人として慕われていた。

私は、首都ラングーンの二つの医科大学で、消化管の免疫《めんえき》についての講義と研究指導を行うためにここに滞在することになった。南アジアの開発途上国、それもほとんど内情の知られていない国に来たのは初めてであった。

当時もいまと同じように軍事独裁政権が支配していたビルマは、私にとってすべてが驚きだった。国を南北に流れる滔々《とうとう》としたイラワジ川流域は豊かな穀倉地帯だが、国は米不足に喘《あえ》ぎ、国連からは「世界最貧国」というあまり嬉《うれ》しくない指定を受けている。都市も農村も貧しく、ほとんど現金収入がないにもかかわらず、人々は楽天的で笑顔を絶やさない。分解寸前のような幌《ほろ》付《つ》きトラックに、鈴なりになって人が行き交っている。軍人以外のほとんどすべての男女が、ロンジーというスカート様の民族服を身につけていて、研究所でも政府の機関でも、洋服、ズボン姿というのは見かけない。

もっと驚いたのはこの国の通貨である。何しろ単位が四十五チャットとか三十五チャットとか、ひどく半端なのである。その理由があとでわかった。ある日突然軍事政権が、「本日ただいまから百チャット紙幣を無効にします」という放送を行うと、百チャット高額紙幣がその日から紙切れ同然になってしまうのである。こうして百とか五十とか区切りのいい紙幣は存在しなくなったのだ。

私たちがビルマを訪れた一九八七年にも、七十五チャット紙幣が停止された。当然困るのは、高額紙幣で貯蓄していた商人であるが、親元から仕送りを受けていた学生などへの打撃はもっと痛ましい。

当時の日本国全権大使、大鷹《おおたか》大使の晩餐《ばんさん》会でこの話を聞いて、私は「もし私がこの国の学生だったら暴動を起こしますよ」といった。あとで「壁に耳あり。ここは軍政の国、気をつけたほうがいいですよ」と注意されたが、実際私たちが訪れた数カ月前に、ラングーン大学を中心として民主化を求めるために決起した学生を弾圧する流血の惨事が起こっていたのである。そして、半年余り後の一九八八年七月には、ビルマの民主化運動が全土に拡《ひろ》がり、アウン・サン・スー・チー女史を指導者とした民政派が総選挙に圧勝したのだった。ところが軍事政権は、こともあろうにスー・チー女史を逮捕して自宅に軟禁し、選挙そのものを無効にしてしまったのである。その軟禁は一九九五年七月まで続いた。やがてビルマはミャンマーと国名を改め、首都ラングーンはヤンゴンに改名された。

その大事件のあとの一九九一年、私は再びミャンマーを訪れた。前回訪れたころ開始された第二次研究プロジェクトがどのように進行したかを評価するためだ。

世界中の注目を集めたビルマの政変。しかし、インヤレークホテルはまったくもとのまま、花々に囲まれてそこにあった。街は、その後の強制退去などのためむしろ整備され、数百人の死者を出した流血の跡はすっかり拭《ぬぐ》い去られていた。ただ、ヤンゴン大学と名をかえた医科大学はまだ閉鎖されたままだし、街中にも飛行場にも、銃を持った兵士の姿が目についた。研究所でも、前回出会って記憶していた何人かの顔が消えていた。それを尋ねると、相手が眼を伏せるので、それ以上は聞くことができなかった。

この研究協力事業が、具体的にどれほどの成果をあげたかはここでは書かない。当時はまだ知られていなかったC型肝炎ウィルスを、ほとんど独自に発見するほどの研究が行われていたし、結果として起こる肝硬変や肝癌《がん》の調査、しばしば致命的な乳幼児の消化管ウィルス感染症、アメーバ赤痢の新型病原体の研究など、レベルの高い研究が行われていた。しかし、民主化運動とその弾圧という政情不安のため、総じて研究協力がスムーズに行われていたというわけではない。

そうした揺れ動く政情と悲観的な空気の中で、いますぐに飯の種になるわけでもない基礎的な研究が続けられ、少しでも成果をあげることができたという事実は評価されるべきである。それがこの国の科学者をどれほど力づけたことか。「科学」というものが本来持っている、人を勇気づける隠された力である。

乏しい研究資材、安い給与、相次ぐ政変などに振り回されながらも、日本から派遣された研究者は真っ黒になって研究指導にあたっていた。仕事が終わると、生温かいビルマのビールを飲むために、このプロジェクトで一番古顔の飯田《いいだ》フサエさんの部屋に集まってくる。飯田さんは肝炎研究の専門家で、何年にもわたってここに滞在している。何もかもやりにくいこの国のことをさんざんコキおろしながらも、皆の日焼けした屈託のない笑顔が、ぬるいビールを飲んでいる。

夕暮、正確には五時をまわったころに、インヤレークホテルの前の森がにわかにさわがしくなる。どこから湧いたかと思われるほど、幾千幾万という真っ黒い鳥が、白い木《ホワイトトリー》、黒い木《ブラックトリー》の枝々にビッシリと止まり、飛び移りながら鳴きたてるのだ。その声は、固い球体をこすり合わせるように、キューキューと金属性の響きを放ち、満天に広がってゆく。

白い木《ホワイトトリー》の枝々は、止まり切れないほどの鳥にたかられて、赤く暮れなずんだ空に向かって悶《もだ》えているようだった。丈の低いほうの黒い木《ブラックトリー》も、いまは「鳥の木《バードトリー》」となって全身で声をあげている。その声は、まさに渺々《びょうびょう》と空を覆《おお》い、さながら森全体が一羽の巨大な鳥に化したように鳴き叫ぶのである。

この鳥が何という鳥なのか、ホテルのボーイに尋ねてもわからなかった。この国の人は鴉《からす》だというが、日本の鴉とは明らかに違う。体長二十五センチくらいの小さな鳥で、色はたしかに鴉と同じ汚れた黒色である。しかし体はもっと小さくて嘴《くちばし》も短い。声は短くけたたましく、動きもひどく機敏である。昼間は全く姿を見せないくせに、毎日正確に同じ時間に群をなして飛び来たり、一頻《ひとしき》り鳴きたてたかと思うと、三十分もしないうちに一斉にどこへともなく消え去るのである。

この森全体を覆う「声明《しようみよう》(2)」の合唱は、早朝五時にも繰り返される。夜明けとともにわき起こり、森全体をどよめかせ、これもまた三十分もたつと鳴き声の切れっぱしをいくつか空に残しながら、瞬間的に終わってしまうのである。私の滞在中、この鳥たちの場所がえの儀式は、朝夕必ず同一時刻に繰り返された。

私は、この二度の訪問の間に、夏草に覆われた日本人墓地や、第二次世界大戦のころ日本人兵士の死骸《しがい》が連なったというイラワジ川の周辺、設備の乏しいマンダレーの病院の床で劇症の感染症と闘っている人たちを訪ねた。

また、あかあかとした夕陽を背景に、三角の尖塔《せんとう》をひとときの輝かせたと思うと、一瞬のうちに影の寺院と化してしまう十六世紀パガンの遺蹟《いせき》(3)をも巡礼した。苦しい生活にもかかわらず毎日喜捨のために訪れる人々で賑《にぎ》わう、金箔《きんぱく》に蓋《おお》われたシェーダゴンパゴダ。ヤンゴンの中心にあるこのパゴダこそ、あとで民主化運動の拠点となり、流血の弾圧の中では、国民の精神的支えとなった寺院である。

物資不足でX線写真さえ撮れない病院があるかと思えば、日本からの無償援助の先端医療機器が動かぬまま放置されているなど、いわゆる医療援助なるものがいかに難しいかも実感した。いまでも溶血連鎖球菌《ようけつれんさきゆうきん》の感染症が多く、リウマチ熱のための心臓病があとを絶たないこの国では、心電図なしで心臓弁膜症《しんぞうべんまくしょう》の開胸手術が行われているという。

仏教国ビルマでは、男子は一生のうち一度は剃髪《ていはつ》して仏門に入る。街を歩いても、赤い一枚の衣を体に巻いた僧たちが托鉢《たくはつ》しているのに出会う。国中にある寺院には少年僧たちがたむろし、寺のどこに行っても参詣《さんけい》の人々が溢《あふ》れている。

シェーダゴンパゴダのような大きな寺院では、参道に並んだ店舗で花や線香、おみやげなどが売られて、ちょっとした門前市を作っている。老若男女《ろうにやくなんによ》、子ども連れや恋人同士も、時間があれば寺にやって来る。花を供え、何事かを一心に祈る。そんな一心不乱の祈りの姿を何度目撃したことであろうか。

二度目の訪問の時期、一九九一年ごろの在ミャンマー大使は、私の中学時代の親友・川村知《とも》也《や》氏であった。軍政の復活、スー・チー女史の逮捕などで、日本からの援助も打ち切られ、アメリカの人権外交による圧力もあって、手も足も出ない苦しい立場にあった川村大使は、この国の医療や衛生状態に憂慮を示しながらもこういった。

「何しろ援助でお金が入っても、民衆は病院の建設にではなくて、お寺に寄付してしまうんだから」

そしてまた、日本からの経済援助が軍事政権の方を潤《うるお》してしまって、かえって民主化勢力を弾圧する原因となっているという声を何人からも聞いた。そんな援助はやめて欲しいというのである。

しかし、国外からの援助を絶たれたこの国では、乳幼児の死亡率はますます高くなっているし、病院には抗生物質さえあれば助けることのできる感染症の患者が溢れている。ところが、闇市《やみいち》に行けば、日本製の抗生物質もエレクトロニクスの機器も山積みされているのだ。そもそも、人権とは何であろうか。また人権を外交交渉の手段に使うことが正しいのだろうか。死と生の境で喘いでいる子供たちの人権はどうなのだろうか。

私たちは、日本からの援助打ち切りで荒地と化したマンダレーの病院予定地を視察し、ついで第二次大戦の激戦地であったマンダレー城にも立ち寄った。死のマンダレー作戦の舞台となった古城は、いまは整備されて公園になっている。

そこから数キロ離れた平野を、イラワジ川は滔々と流れている。空の甕《かめ》を組んだ筏《いかだ》や魚獲《と》りの小舟が、ゆったりと行き交っていた。舟に乗って、流れにあかあかと落ちる夕陽を眺めた。この流域は、第二次世界大戦で日本兵の死骸が打ち重なったところである。

バスの窓からは、燃えるような赤い花をつけた火焔木《かえんぼく》が見えた。同行した九州大学前学長の田中健蔵《たなかけんぞう》先生から、戦後、南方戦線の思い出を綴《つづ》った「花に寄せて——火焔木のうた」（鈴木道明作曲、永倉三郎作詞）という歌があったことを教えていただいた。火焔木、この小文を発表してから何人かの方からこの木が正式には鳳凰木《ほうおうぼく》（*Delonix regia*=*Poinciana regia*）というマダガスカル原産の熱帯樹であることをお教え頂いた。英語では red flame tree または gold mohur tree である。南アジアを旅するといつも見かける、まさに火のように赤い花をつける豆科の樹木である。ビルマ戦線で死を前にした兵士たちは、どんな想いでこの花を眺めたのであろうか。

この旅の間、私は熱帯の激しい生命の営みと隣り合わせに、死というものがひどく身近に存在していることに気づいていた。

人々は知っている。日本人墓地も、パガンの遺蹟群も、城壁も、寺院も、あっという間に夏草に覆われてしまうことを。熱帯の自然の力は、人間の営みに比べて圧倒的に強い。時の移り変わりはあまりにも激しくて、現世でのちょっとした出来事などは、あっという間に過去の中に飲み込んでしまう。人々はそれを葬《ほうむ》るのに忙しくて、明日のことはどうしても二の次になってしまう。

しかし、そこに長い間蓄えられてきた力が、ついこの間大きな民主化運動として噴き出し、多くの血となって流された。灼熱《しゃくねつ》の太陽のもとで、何百という死が鳥の声に包まれたのだ。インヤレークホテルの「鳥の木《バードトリー》」を眺めながら、私は強烈な生命の営みに隠れている死のことを思った。

ある夕暮、あまりにも鳥の声が喧《やかま》しいので外に出てみると、黒い鳥のほかに、羽根に白い斑《はん》点《てん》のある鳥が、丈の低い黒い木《ブラックトリー》にびっしりと止まっているのに気づいた。黒い鳥よりも低空飛行で集まっていたので、これまで気がつかなかったのだ。羽根の斑点と尾の先が白いので、飛ぶときはまるで直径三十センチほどの鞠《まり》が転がるように見える。八哥鳥《はっかちょう》という鳥だろうか。これがまた何千何万と、低い黒い木《ブラックトリー》に、びっしりと果実が実っているように取りついて、キューキューと鳴きたてるのである。

白い木《ホワイトトリー》のあたりでたむろしている自動車の運転手の一人が、あまりのうるささにパンパンと手をたたくと、一瞬鳴き声が静まり、パッと白い花が咲いたように梢《こずえ》から飛び立つが、もう次の瞬間には枝々にたわわに止まって、球体をこすり合わせるように喧しく鳴きたてるのだった。

私は、斑点のある鳥にひかれて、白い木《ホワイトトリー》の下に入っていった。

一瞬のうちに、私は鳥の声に包まれた。しばらくじっとしていると、まるで火葬の火に包まれたような恐怖が私を襲った。私の全身は鳥の声に犯され、肉は喰いつくされ、骨ばかりになろうとしていた。鳥の声は冥界《めいかい》からの呼び声のように私を押し包み、ついで深い闇の彼方《かなた》に連れて行こうとするのだった。

何億年もの時間をさかのぼって、人間とも獣とも鳥ともつかぬ生命体が、この声を発していた。DNAのランダムなつながりが、鳥の声となって飛び交っているような気もした。大げさにいえば、私たちが忘れてしまった原初の死の体験のようなものを感じたのである。

近くの運転手が、また手をパンパンとたたくと、一斉に鳥が飛び立った。黒い鳥も斑点の鳥も一斉に梢を離れ、夕空の中を縦横に飛び交い、一瞬視界はひっちぎれた何千という黒い破片で埋まり、暮れなずむ赤い空を少し暗くしたかと思うと、渺々とした声を引きずりながら、あっという間に南の空に消えていった。私は、救われたような想いで部屋に戻った。

ビルマにいる間、私はいささか霊的な「鳥の木《バードトリー》」の体験を考え続けていた。身近に氾濫《はんらん》している死。低い医療水準ということもあって、死は日常の生の営みと隣り合わせに存在している。それは観念的な死ではなく、形而下的《けいじかてき》、身体的な死である。「鳥の木《バードトリー》」の下に行けば、いつでもそれを思い出すことができる。

都会の病院の片隅で事務的に確認される死、現代文明ではタブーとなった死、無理矢理延ばされる死、脳死、尊厳死など、生命の旺盛《おうせい》な営みとは遠く離れてしまった現代人の死に比べて、ビルマでは生の中に死が入り込み、死を包み込むように生命が燃えている。その死は観念的、抽象的な死とは違う。その死を育てながら生き、死が確かに生の延長の上に、その帰結としてあるということを教えられたように思った。

ビルマの「鳥の木《バードトリー》」。あなたはその声を聞いたか。その下に何千何万という不条理な死があったことを。それは、われわれ東洋人が共有している死の声であったことを。


（一九九四年 六〇歳）

ゲノムの日常

クレモナの納豆作り

北イタリアの古都クレモナは、バイオリン作りの町である。有名なストラディヴァリもアマーティもこの町で生まれた。

この秋イタリアを訪れた折、クレモナでバイオリンを作り続けている日本人の石井高《たかし》さんを訪ねた。石井さんはこの町に移り住んで三十五年。市からマエストロの称号を受けたバイオリン作りの名手である。

石井さんに案内されて市庁舎内のバイオリンの展示室に行った。驚くなかれ、アマーティ、ストラディヴァリ、グァルネリなどの名器が、いくつもケースの中で息づいていた。

バイオリンといったら、大きさも形もみんな同じ。もはや改良しようもないほど完成した楽器である。でも石井さんの説明を聞きながら、高窓から差し込む秋の光で仔細に眺めると、みんな少しずつ違う印象を与えることに気づいた。一番古いアマーティは何もかも許した魂の静けさのようなものを持つが、ストラディヴァリは、優雅で洗練されきった姿をガラスの向こうに際立たせていた。まるで貴婦人のようにたおやかな姿だった。それに比してグァルネリの名器は、多少情熱的で個性を主張しているように見えた。

当然音も違うだろう。全く同じ形の楽器にこめられた個性が、どんな音になって響くのだろうか。私は同じセットの遺伝子（ゲノム）を持つ人間が、実にさまざまな個別性を表わしているのと同じだと思った。

それにしてもこのクレモナの町で、三人の名手が、わずか百年ほどの間に比類のないバイオリンの名器を作れたのはなぜだろうか。それを超えるような楽器は、もうできないという。石井さんは、バイオリンの表面に塗るニスの違いに興味を持って研究を重ねているが、私は思い切ってくだらぬ質問をしてみた。

バイオリンの表板は樅《もみ》の木、裏は楓《かえで》の木でできている。何かで読んだことがあるが、ひょっとしてそのころの木にはある種の菌糸《きんし》がはびこって、板の響きを変えたのではないかと。菌糸というのは、枯草菌《こそう》や糸状菌《しじょう》などカビの仲間が作るもので、木や枯れ草などのセルロースを栄養にして成長する。茸《きのこ》もその仲間である。そういう菌糸が入り込んで、木の音響的特質を変えたのではないか。

石井さんは材木の原産地などからその可能性は薄いと言われたが、私はまだ研究の余地があると思った。菌は世界中どこにでもいる。ここ北イタリアも茸の産地である。動物でも植物でもない第三の生命の世界、「菌界」は、まさに地球を覆《おお》っているのだ。

話がこうして菌に及んだとき、石井さんが面白い話をしてくれた。日本を離れて三十五年、日本の納豆の味が忘れられない。石井さんはクレモナで、時々納豆を作っているというのだ。東京都内の菌類の研究所から納豆菌の粉末を貰《もら》ってきて、茹《ゆ》でた大豆にかける。適当に保温しておくと数日後には納豆になる。日本のように糸を沢山引くまではゆかないが、ネバネバは十分にできる。味も香りも納豆になる。イタリア人の奥さんは食べないが子供さんは納豆が好きだという。やっぱり日本人の血が入っているのでしょう、とマエストロは微笑《ほほえ》んだ。

はるかイタリアの古都のバイオリン作りの名手が、涙ぐましい努力をして納豆を作り、納豆菌がそれに応えている。それは紛れもない日本の味で、日本人の遺伝子を持った石井さんとその子が、それを賞味している。ストラディヴァリの名器の秘密は別として、菌はここでも活躍していたのだ。

かつてアフリカのジンバブエに行ったとき、現地在住の日本人の家庭でやっぱり納豆を作っていた。冷蔵庫の裏の放熱板の近くに置くと数日でおいしい納豆ができるという。

私は日本で生まれた納豆菌が、こうして世界のあちこちで活躍して、日本人の味覚を満足させていることを誇りに思った。そして、嬉しそうにそのことを語った「クレモナの納豆作り」のマエストロに乾杯した。

きのこの世界

秋の北イタリアは茸の季節。アペニン山脈の森にはポルチーニという茸が生える。椎茸《しいたけ》を大きくしたほどのイグチの仲間である。

私がクレモナを訪れたころも、取れたてのポルチーニを入れた籠《かご》がレストランの入り口に並んでいた。ニンニクの一片を入れたオリーブ油でローストし、白ワインをふりかけたのをあつあつで食べる。何という贅沢であろうか。モンブランの麓《ふもと》の方に行けば、白トリュフが手に入る。幅広のパスタを軽くバターで和《あ》え、白トリュフの薄く削ったのをのせる。黒トリュフの退廃的な味に比べると、まるで聖女のように清らかな香りである。思い出すだけで天に昇るような気がする。

日本では松茸《まつたけ》の季節。やっぱり国産の松茸は香りが断然違う。松茸ご飯も土瓶蒸しもおいしいが、松葉を焚いてほうろく蒸しにしてスダチを一滴かけた香りは、まさに日本の秋の王者である。

でも私が一番好きなのは、この時季、野山に生えるハツタケやシメジなど、野生の茸である。茸好きの私は、遠い山に住む友人が送ってくれる野の茸で秋の夜長の一献《いっこん》を楽しむ。

でも茸には、なぜこんなに多くの種類があるのだろうか。

形ばかりでなく味も香りも全く違う。果物のような味がするの、花の香りを持っているの、黄色いの、赤いの、黒いの。そして茸には猛毒を持っているのもある。

どうしてこんなに色々な茸があるのかというと、遺伝子が違うからである。独特の香りを作る遺伝子、茸特有のおいしいアミノ酸を合成する遺伝子、そして毒素を作る遺伝子。傘の形や色を決めているのも、茸が持っているいくつもの遺伝子である。茸の特徴の一つは、この途方もない多様性である。世界には何千種あるのだろうか。

一つの生物種が持っている遺伝子の一セットをゲノムという。難しい話をするつもりはないが、茸にもゲノムがある。それも二セットの遺伝子がいっしょになってゲノムを構成しているらしい。それぞれのセットが数十ないし数百種類もの違ったタイプを持つ。その組み合わせだから、理論上数万種類もの変種を作ることが可能だという。

それが長い生命の歴史の中で、安定した組み合わせのゲノムを持つ菌となって、いまある形の茸を作り出しているのだ。菌の細胞が分裂して糸状の菌糸となって、木や枯れ草の中で成長する。ザーッと一雨来ると、伸びた菌糸が集合して茸になって育つ。茸は胞子を持ち子孫を撒《ま》き散らす。

でも菌糸がどうして茸を作るのか、その詳細な仕組みなどはわかっていない。それがわからないから、松茸やトリュフなど多くの茸がまだ人工的に栽培できない。

でもそのおかげで、季節の喜びが味わえるのだ。茸だけはその季節、そしてその地方に行かなければ味わうことができない。遺伝子工学などを使って、春先にも栽培松茸がコンビニに並ぶようなことにならないのを願っている。

茸の研究は、世界各国で進められているが、まだまだわからないことが多い。人間のゲノムの解析は急ピッチで進められ、ついこの間ほとんど完成したという宣言がなされた。私は専門家ではないが、茸のゲノムが解読されたという報告はない。依然として神秘の生命体なのだ。

枯れ木や落ち葉のような一見栄養素のないものに寄生して、あっという間に大きくなる。「無から有を生ずる」といった人がいるが、そんな気がする。茸の成分には、免疫力を高めたり、神経系を興奮させるなどの未知の働きが隠されているらしい。この方面での研究も今後盛んになるだろう。

でも何よりも、茸がどうしてこんな多様性を作ってきたか、茸を含む菌界が地球環境をどう動かしてきたかの解明は、生命体の神秘やこれからの環境問題を解く大切な入り口になるであろう。そう思いながら、おまけとして秋の茸の醍醐《だいご》味《み》を味わった。

ゲノムって何

二〇〇〇年六月二十六日、アメリカのクリントン大統領と英国のブレア首相が、テレビの記者会見で、「ヒトゲノム計画」がほぼ完了したことを世界に向かって宣言した。両大国の首脳がわざわざ共同で記者会見をしたというのだから、よほど大変なことに違いない。

そうはいっても、ヒトゲノム計画とは何かとか、それがどうして大変なことなのかなどはなかなか一般の人にはわからない。月探索のアポロ計画の成功のようには、簡単には理解できないのだ。

私が「ゲノムの日常」などという標題をつけたのは、別に「ゲノム」についての解説をしようと思ったわけではない。それがどんな形で私たちの「日常」にかかわっているかをお話ししたいと思ったのである。すでに紹介した菌のふしぎな世界などは、まさに「ゲノムの日常」なのである。今日はもう少し立ち入って、ゲノムのことをお話ししておきたい。それが私たちの日常にどうかかわってくるのか。

ゲノムというのは、人間や犬、コオロギ、アマガエル、メダカなどの動物種や、イネ、チューリップ、イチョウなどの植物種、大腸菌、インフルエンザウイルス、シイタケ菌や、水虫を起こす白癬《はくせん》菌などの微生物、それぞれの生物種が持っている遺伝子の一セットのことをいう。したがってヒトゲノムというのは、人間を人間たらしめている遺伝子のセットを指している。

ヒトゲノム計画は、人間の遺伝子の構造をすべて解明するという大事業である。日米欧の科学者が共同して進めてきた巨大プロジェクトである。ヒトゲノムとひとことでいうが、それは三十億を超える分子の文字で書かれた生命の情報文書である。今回の宣言は、その文字の並びのおおよそを、コンピューターの記憶装置に読み込んだということに過ぎない。これで人間の生命現象がすべてわかったというわけではない。

たとえば「大蔵経《だいぞうきよう》」という大部のお経を、全部写経したとしても、お経の内容をすべて理解したことにはならない。それを精読し、細部に至るまで解釈してはじめて、大蔵経のありがたさがわかるのである。

コンピューターに移したゲノム情報のうちで、十分に理解されている部分はきわめて少ない。たかだか十パーセント程度といわれる。しかしそれだけでも、人間の生命活動のきわめて重要な部分を、分子のレベルで説明できるようになったのである。いろいろな病気が、どの遺伝子のどんな変化で引き起こされるかが突き止められた。でも高血圧とか糖尿病のような、いくつもの遺伝子が複合して起こすような病気については、解明はまだこれからである。ましてや、人間の行動様式とか、容貌の美醜などを決めている遺伝子がわかるのは、まだまだ先のことである。

しかし、このあたりまで解明が進んだところで、将来ゲノムの情報が私たちの日常にどんな形で影響を与えるかについて、ある程度の推察ができるようになった。これから解明は加速度的に進むのだから、いまのうちに考えておかなければならないことが沢山ある。

ゲノムの中には、私たち人間の生命活動のしくみがすべて書き込まれているはずである。精読することによって、さまざまな病気の成り立ちがわかる。どんな遺伝子のタイプを持っているかが前もってわかれば、適切な予防の仕方もわかるし、それぞれのタイプに応じた治療法も見つかる。いずれは遺伝子を直接修理することもできるようになるだろう。そういう希望から、研究は急ピッチで進んでいる。

しかしゲノムの中には、知力や筋力、性格や体格、才能や容貌などを決めている遺伝子も含まれているはずだ。人の親は、我が子によりよい性質を与えたいと願うだろう。病気から素質に至るまで、人間の生命情報のすべてがゲノムに含まれているとすれば、今後それらが、限りない人間の欲望の対象になるわけである。

ゲノムは、私たちの日常から離れた遠い世界のものではなくなった。ではどんなことが迫っているのか。いっしょにゲノムの風景を眺めてみよう。

ゲノムと人権

今年の春、西アフリカのカメルーンを旅行した時のことである。

初めて行った国では、私は必ず市場と小学校に行く。この時も、首都ヤウンデの小学校を訪れた。

案内してくれた医学生の母校はちょうど昼休み時で、生徒たちが校庭にあふれていた。私たちは、あっという間に半ズボンの上に白いシャツを着た小学生たちに取り囲まれた。いうまでもなく全部黒人の子供たちだ。

カメラを向けると、我れ先にとレンズに向かって飛び込んで来る。恥ずかしがったりする子供はいない。

そのとき私は、子供たちの中に一人の肌の白い少年がいるのに気づいた。髪も金髪に近い。真っ黒な子供たちの中だから、いや応なく目立つ。皮膚の色素を作る遺伝子の変異で生まれたアルビノ（白子）である。どこの国にもこんな子供は生まれてくる。時にはいじめの対象になる。

でもこの子はよほどの腕白《わんぱく》らしく、前方の子供をひじで押し分けながら、頭の上に折り重なるようにして私のカメラに向かって突進してきた。

肌の色が黄色い日本人はここでは珍しいらしく、子供たちは次々に私に握手を求めた。白い子も私の手を握って、休む間もなく歓声をあげて、一団となって校庭の隅の鉄棒の方に走って行った。

私は子供たちにもみくちゃにされながら、彼らを観察した。皮膚の色が白いのに、子供たちはこの子を特別扱いしていなかった。白い少年も、黒い子供たちと一団となって遊んでいる。そんな風景に私は感動した。

同じ大陸にある南アフリカ共和国では、白人による激しい黒人差別がつい最近まで続いていた。アメリカでさえも、黒人の人権が完全に認められたのは、一九六四年の公民権法成立の後である。それなのにこの黒人の国の子供の社会では、肌の白い子供が差別を受けている様子は全くなかった。

遺伝子の変異による皮膚の色の違いなどが、差別の対象になる理由はどこにもない。そんなことは誰でも知っている。同じ人間なのだから、一人ひとりの持つわずかな身体上の差異で差別する理由などないはずだ。

それはゲノムの問題なのだ。人間は誰もがヒトゲノムという普遍的なものを持って生まれてきた。ゲノムの中には、それぞれの人間の個別性を決めている数多くの遺伝子も含まれている。普遍性と個別性、その両方によって人間という生命体が作り出されているのだ。

そうだとすると、人間のゲノムは基本的人権のようなものではないか。基本的人権というのは、人間が生まれながらにして持ち、何びともそれを侵害することができないものと規定されている。ゲノムの方も、人間のすべてが生まれながらにして持ち、誰も変更することができない。

皮膚の色や顔貌《かおかたち》などの身体的な差異は、もともとゲノムの中に含まれている多型性《たけいせい》の遺伝子の表われに過ぎない。そんなもので差別してきたことがいかに愚かしいことであったかを、ゲノムの解析はいま明確に教えている。同じように、ゲノムに含まれるいくつかの遺伝子の変化で起こされた身体的障害を差別視する根拠などは全くない。

一方、ゲノムの普遍性という観点から考えると、民族性や国民性を超えた共通の人間性の基礎をそこに求めることができるはずである。宗教や習俗の差などはゲノムの普遍性から考えると、ずっとマイナーなものに過ぎない。血で血を洗う殺戮《さつりく》を繰り返すほどの理由にはなるまい。

ゲノムの個別性と普遍性を尊重することこそ、基本的人権を守る基礎であると私は思っている。また逆に、基本的人権を守るという大原則から、ゲノムの尊厳性をも守ってゆくべきなのだ。

アフリカの子供たちは、先進国の大人たちがとうに忘れていたこの事実を、学校生活の一風景の中で思い出させてくれた。私は歓声をあげて走り去る少年たちの一団の背中に、もう一度シャッターを向けた。

カメルーンの小学生と言葉

カメルーンで訪問したその小学校は、英語で教育をしていた。西アフリカではフランス語を公用語にしている国が多いが、カメルーンでは英語とフランス語の両方が公用語である。二百もある現地語のほかに、子供たちは英語かフランス語か、その両方を話す。

小学校は学年ごとに別の教室で授業している。校長先生は、私たちを二年生のクラスに連れて行った。高い窓から斜めに光が射し込むだけの暗い土間である。私たちが入って行くと、何十という眼がいっせいにこちらを向いた。

子供たちは立ち上がって「グッド・モーニング・サー」と挨拶した。私も教壇に立たされて、「私は日本から来ました。とても遠い国です。皆さんは日本を知っていますか」と訊ねた。誰も知っている者はいなかった。

でも私がびっくりしたのは、子供たちがしっかりした英語を喋《しゃべ》ることだった。発音は正統的なキングズイングリッシュ。子供同士や家庭では部族の言葉を喋っているのに、教室ではみごとな英語を操《あやつ》っている。日本の高校生よりはるかに上手であった。

私はその時、言葉を覚えるためのゲノムの働きについて考えた。ゲノムの中には言葉を操る遺伝子があるはずである。どこに行っても、人類は教えられなくても言葉を操る。言葉を操る遺伝子があるからだ。

でも赤ちゃんは喋れない。まだその遺伝子が働いていないからだ。幼児期になると急速に言葉を覚え、小学生ぐらいになると正確に操れるようになる。言葉を覚える遺伝子が働き出すためだ。だからこの時期に教えれば、外国語だって自国語と同じように喋れるようになる。

しかし、中学・高校生ぐらいになって外国語を始めたのでは、小学生のように完璧には覚えない。大人になってからでは、まず絶対に母国語のようには話せない。それは言葉を覚える遺伝子が働きを止めてしまうからであろう。私は流暢な英語を喋っている子供たちを見ながら、ゲノムの側から教育を考えてみたらどうかと思った。

数を数えるのも人類共通の行為である。算数も子供のころ教えなければ、一生身につかない。昔の人は「読み書きそろばん」といったが、小児期に発動する言葉や数を操る遺伝子の重要性を見抜いた教育だったと思う。

中央教育審議会で答申した「個性を育てる教育」とか、「創造性を高める教育」などというのは、初等教育ではなくて、もっと後で必要になるのではないかと思う。思春期に入ると、いろいろなホルモンの遺伝子が活発に働き出す。異性に対するあこがれや、漠然とした人生への不安なども現われる。新しい遺伝子が働き出したからであろう。この中等教育の時期こそ子供の可能性を拡大し、個性と創造性を引き出す好機なのではないだろうか。

しかし日本では、この時期に受験戦争が始まり、働き始めた新たな遺伝子の可能性を制限してしまう。文系と理系に分けて、決められたことだけしか勉強させない。本当は、文系志望でも宇宙の始めに思いを致すはずだし、理系の受験生も異性にあこがれたり、人生に悩みを持つはずである。でもそんなことは無視されて、ひたすら与えられた勉強に励まなければならない。ゲノムに含まれていた無限の可能性は、実現の機会を逸してしまう。

ゲノムの解析が一応の完成をみた現在、ゲノムが包含するさまざまな可能性を考えてみることも必要ではないだろうか。もちろん、言葉の遺伝子や数の遺伝子が、いま正確に決定されているわけではない。しかし、人間の一生を遺伝子の自己実現の過程とみなすことによって、子供の教育や環境を考えることもできるのではないかと思う。限りない人間の欲望でゲノムを食い物にするのではなくて、三十五億年の生命の歴史を秘めたゲノムから、虚心に学ぶことも必要なのではないだろうか。

（二〇〇〇年 六六歳）

インコンビニエンス・ストア

マドリッドに滞在中に歯磨《はみが》きのチューブが空になった。

フロントで聞くと、ずうっと先のファーマシアまで買いに行けと言う。「コンビニエンス・ストアはないの」と聞いたが、かなりの繁華街なのにそういうものはないと言う。日本だったらどんな町角にもあるのに。

ファーマシアまでは五百メートル以上あった。調剤室を持った大きなドラッグストアなのでヨーロッパ各国製の歯磨きがおいてある。ついでに胃腸薬も買ってホテルに戻った。

途中に、大きなハム屋があった。ハムの専門店で他の精肉などはおいていない。巨大な豚の脚の生ハムが何十本も天井からぶらさがっている。生ハムといっても二十種類以上もあるらしい。ガラスのショーケースの中には、これまた何十種類というソーセージやプレスハムが、色とりどりに並んでいた。

朝というのに店には大勢の主婦が買いに来ていた。このハムを百グラム、あのソーセージを二本などと店員とやりとりしていた。

日本だったらさしずめスーパーマーケットかデパートの食品売り場に行くところだろう。もっとてっとりばやくコンビニまで行けば、真空パックのハムもフランクフルトソーセージも売っている。だが、ここにはコンビニはない。歯磨きのペーストもソーセージも、専門店に買いに行かなければならない。不便と言えば不便である。

コンビニの店は、ヨーロッパではあまり見かけない。イタリアでもドイツでもオランダでもほとんどなかった。コンビニの発祥地アメリカでも、日本ほど何もかも売っているようなコンビニはないだろう。

どんな国にも、何でも手に入るような巨大なスーパーマーケットはある。大きな手押し車で、山のように商品を買っているおばさんたちはどこの国でも見かける。それは一週間分の食糧を計画的に買うためだ。一方町には、小さなグロサリーストアがいくつもあって、とっさに必要な生鮮野菜や煙草、清涼飲料水ぐらいはそこで買える。しかし何でも調《ととの》う日本式のコンビニはない。

その代わり専門の肉屋やハム屋がある。そこに行けばどんな種類の肉でもフレッシュなのが手に入る。いわゆるデリカテッセンの店では、あらゆる種類のチーズや珍味の瓶詰、気のきいた缶詰などが所せましと置いてある。八百屋には色々な新鮮な野菜が、裸のまま水を打っただけで山のように積み上げられている。何もかもパックされている日本とは大違いだ。主婦は手にとって吟味し、欲しいだけ自分で袋につめてレジに持って行く。面倒と言えば面倒だが、買い物の楽しさがある。

コンビニエンス・ストアがない代わりに、すばらしいインコンビニエンス・ストアが軒を連ねていると思えばいい。主婦は、新鮮で本当においしい物を買うためには、不便をしのんで何百メートルも歩いて専門の店まで行く。

日本だって三十年くらい前までは、そうしていたはずだ。ところが最近では、どの町角にもコンビニができ、そこで間に合わせてしまう。私の家の近くだけでも六店ある。コンビニに毛が生えた程度のスーパーも随所にある。主婦は遠くの専門店に行くのをやめて、ちょっとしたものは近くのコンビニですませるようになった。第一、高級な専門店など姿を消してしまったではないか。高級な生ハムが何種類もおいてあるような店は東京のどこにもない。有名なデパートの売り場だって、スペインの町角の小さなハム屋とは比較にならない。

スペインのハムのすごさは筆舌《ひつぜつ》につくせない。チェルド・イベリコという最高級の生ハムは、豚に生れてからナッツと栗の実しか食べさせずに育てるところから始まる。その脚を骨付きのハムにしたてて、長期間熟成させる。薄切りにしたのを食べると、肉にナッツの香りがする。世界に例のないこの美味は、スペインでも専門のハム屋に行かなくては買えない。

イタリアのパルマ産の生ハムの、頽廃《たいはい》と言っていいほどのかぐわしさ。ドイツのシュワルツワルトの生ハムの地底から生まれ出たような精気。スコットランドの生ハムの色の朝の光のような鮮やかさ。コンビニやスーパーで買う、パックに入った紙のように味気ないハムとは大違いだ。コンビニができて、日本人は本当に豊かなものを失ったのだ。

日本のコンビニには、ハムやチーズからちょっとした野菜までおいてあるし、パンも弁当もそこそこのものが手に入る。文房具も日用品も、雑誌やビデオ、アルコール飲料に至るまで買える。本当に便利で、つい立ち寄ってしまうのはよくわかる。

しかしこの便利さと引き換えに、生活の中にあった豊かで価値のあるものを失ってきたこともたしかだと思う。コンビニで買った食材で育った子供たちは、食べることの文化を知らずに大人になってしまう。食欲と栄養だけの食生活、そしてその裏返しとして現われた低俗なグルメブーム。食文化というものは、長い時間をかけて生活者たちが作り上げた遺産であることを忘れてしまったのだ。

食物だけではない。文房具も衣料品も日用品も、どのストアで買っても同じものだとすれば人間の生き方そのものまで平均化されてしまう。

コンビニが字句通り便利で、近代生活に不可欠のものになったことを否定するわけではない。それを絶対に必要としている人たちがいることも確かだ。必要があったからこそ今日の隆盛があるのだ。

しかし、日本でだけこれほどまでに普及し、専門店というインコンビニエンス・ストアを完全に駆逐《くちく》してしまった罪の方も忘れてはいけない。コンビニの普及は、明らかに文化の破壊につながったのだ。

二十一世紀は、それぞれに個別的な文化や伝統を持った国家が、お互いに自己主張しながらインコンビニエンスに耐えて共存する時代になるだろう。コンビニエンスを優先させたために個別的な文化を失った日本人が、本当に国際社会で生きてゆけるのか。大げさかも知れないが、私は不安に思った。

（一九九八年 六四歳）

鳴らない楽器

昨年、当代随一の能の笛の名手、一噌仙幸《いっそうひさゆき》師(1)が吹いた「清経《きよつね》――恋の音取《ねとり》」を聞いていたく感動した。壇ノ浦に入水《じゅすい》して死んだ平清経の霊を冥界から呼び出す笛の独奏部分である。嘆くように、また魂を揺り動かすように、りょうりょうと鳴る笛の音がふと止《や》んだかと思うと、音のない静寂が訪れる。清経の霊は笛の音とともに橋掛《はしがか》りを歩み、笛の音が途切れると足をとめる。笛は、音と音の間の沈黙を表現するために吹かれていた。

笛の音の中に、風に宿る光のようなものが見えた。笛の穴に吹き込まれる一噌師の息が洩《も》れるところに、音というより形象のようなものが現われていた。私は何とも言えない感動で身内がゾクゾクしてきた。

能管という竹の笛が、どうしてこんな複雑なものを表現することができるのだろうか。たかが一本の管なのに。

この楽器には、実はふしぎな工夫がこらされている。まずよく枯らした竹を縦に十六に割ってしまう。それを再び漆で塗り固めて、管にする。吹口と指穴をあけるのは当然だが、その間に通称「喉《のど》」と称する別の竹の管を埋め込んでわざと管にくびれを作る。

こんな構造だから、吹き込んだ息は素直には音を作らない。強く吹き込めば音は破《わ》れ、倍音《ばいおん》(2)が多くなる。近くで聞くと耳が痛くなるほどの強烈な破裂音である。指も、打楽器のように穴を叩くように使われる。

これ以上細かい技法を説明するつもりはないが、能管という楽器の構造が、篠笛《しのぶえ》やフルートのように美しい澄んだ音色を作り出すという目的には沿っていないことがおわかりいただけると思う。じっさい能管の音色は、同じ楽器でも吹く人によって随分と違うし、音程だって統一されてはいない。名器といわれる笛も、名手が吹かなければよい音は出ない。名手の笛にも、音にはならない息の洩れや雑音に似た倍音が含まれている。それが逆に、個性的で複雑な音の表現につながっている。

お能で使われるもうひとつの楽器、鼓《つづみ》もまた鳴りにくい楽器である。大鼓《おおかわ》と小鼓《こつづみ》があるが、大鼓の方は厚い革を演奏の直前まで炭火でカンカンに焙《あぶ》って、力いっぱいにしめあげる。それを指革をはめた右手で打つ。心得のある人が打てば、超音波を含んだ鋭い「カーン」という音が出る。

小鼓の方は、軟らかい二枚の革を中間がくびれた木製の胴につけて麻の紐《ひも》（調緒《しらべ》）で締め、紐を調節しながら右手でやわらかに打つ。名手が打てば「ポゥン」という多音階性の美しい音が出る。しかし心得のない人が打つと、音は出ない。「ペチャ」という聞くに堪えない音がするだけである。鼓は鳴りにくいように作られた楽器なのである。

たかが打楽器、誰が打っても同じ音が出るはずではないか。物理的外力が作り出す革の振動が打楽器の音なのだから。

ところが鼓は簡単には鳴らない。鼓を解体してみると、革の裏側の中心部分に小さな鹿革《しかがわ》が張り付けられている。「裏張り」または「ヘソ」という。これをはがしてしまうと鼓は全く鳴らなくなってしまう。「ヘソ」が大き過ぎても小さ過ぎても鳴らない。能舞台でよく鼓打ちが、革に息を吹きかけたり、唾《つば》で濡《ぬ》らした紙を貼り付けたりしているのを見かけるが、そうやって打つ方の革と裏の方の革のバランスをとり、かろうじて音を作り出しているのである。

私は科学者のはしくれなので、鼓を解体してどうすれば音が出るようになるか、その原理を追究してみたが、本当のところはわからない。経験を重ねることで会得するよりほかないらしい。

夏と冬では音が違うし、打つ人によっても別の音が出る。能楽堂で鼓や笛の音を聞くと、今日誰が演奏しているのか当てることさえできる。

日本人はなぜこんな厄介《やっかい》な楽器を作り出したのだろうか。笛の「喉」や鼓の「裏張り」の秘密、いずれも素直には音が出ない原因である。日本の楽器は、音が出にくいように工夫されているとしか思えない。

そういえばほかにも、太棹《ふとざお》三味線の駒《こま》に鉛を入れて音を重くしたり、琵琶《びわ》の撥《ばち》で弦をこすったり胴をたたいたり、笙《しょう》の音にたくさんの不協和音をまじえたりして、西洋音楽にはない複雑な音を作り出す工夫がされている。澄んだ純粋な音色を追求してきた西洋楽器とは違う。日本の楽器は純粋さより複雑な音を目指して発達してきたように思われる。

風の中の光とか、死者への悼《いた》み、音のない沈黙、そういった複雑なものを音で表現しようとするならば、それは単純な澄んだ音色ではすむまい。出にくい音を無理に出すことによって、深い心の痛みや存在のうめきのようなものが初めて現われるのだろう。現代という時代は、日本音楽のそこに価値を見出そうとしていると思う。

そんなことを考えながら、鳴らぬ鼓の調節をしていたら、もう一つ別のことを思いついた。近代社会は、あらゆるものに便利で効率の良さを追求してきた。その結果、誰にでも写せるカメラ、どこでも通じる電話、より速い自動車というように、能率的で使い易《やす》い物が氾濫《はんらん》するようになった。それはもう限界に来ているし、恩恵とともに弊害も広がっている。カメラも電話もわずらわしいものになった。もう本来の目的を逸脱しているとしか思えない。自動車だって、一部を除けばそんなに速い必要はあるまい。自動車事故は自然災害の事故をはるかに上回っている。

この辺で、古人にならって考え方の転換をはかることが必要なのかもしれない。簡単には写りにくいカメラ、限られた場所でしか通じない電話、あまり速くは走らない自動車。そういうものが開発されたら、世の中はもっと住み易くなるだろう。写真は本当に心に残る風景となるだろうし、通話が制限された電話機は、本当の愛の囁《ささや》きを伝えるだろう。そこに新しい価値が生まれないとは、誰にも言えまい。

（一九九九年 六五歳）

日本人とコイアイの間

「コイアイ」って、いったい何。そう思われるに違いない。

日本人の「間」の感覚を理解するために、いささか専門的な「コイアイ」のことに、ちょっと触れておかなければならない。お能の音楽では非常にポピュラーな、「コイアイ」という「間」。その感覚は、日本人、そして日本文化に固有の「間」を理解する重要なヒントになるのだから。

能楽堂に行って聞くともなしに能の囃子《はやし》を聞いていると、段々眠くなってくる。それは心地よいノンレム睡眠である。脳にはゆったりとしたα波が生じている。時々薄目を開けて舞台を見ると、さっきと同じところにシテが座っている。また目を閉じてしばらくすれば能は終っている。これがお能の鑑賞である。

脳にα波を励起し、心地よい眠りに誘うのは、能の音楽に含まれている「コイアイ」の間である。この魔法のような間について、まず眺めておこう。

お能の音楽は基本的に八拍子である。お経のように聞こえても、一拍から八拍までが演者の心の中に刻まれている。拍と拍の間の伸縮はあるが、打楽器はこの八拍子をいつも刻んでいるのだ。それぞれの楽器がどの拍で何を打つかというその譜を、「手」とか「手組」とか呼んでいる。

その最も単純な手が「コイアイ」である。大鼓《おおつづみ》が八拍目を小さく打って、それから長いヤアー、ハアという掛け声を掛け、三拍目をチョンと強く打つ。小鼓がそれを聞いてヤアの掛け声で五拍目をポンと打ち、ついで間をおいて七拍八拍を打つ。これだけのひどく単純な手組である。能の中では数限りなく出てくる。太鼓にも同じ名の手があるが、ここでは深入りしない。

なぜ「コイアイ」が、そんなに重要な意味を持つのか。それは大鼓が打つ三拍が、音を消去した長い間をおいて打たれるため、打ち手によって少しずつ違うことから始まる。その音のない間を聞いて、小鼓が打つ三つの音の位置を、これも自らの体内の感覚で設定するのだ。だから二人の演者が「コイアイ」を打つ時は、二人の間に、「間」の強い緊張関係が生まれる。「コイアイ」という言葉の起源は定かではないが、「乞イ合イ」であろうと言われている。つまり複数の演者が、音を要請し合いながら作り出す間が、「コイアイ」の間なのである。

同じ「コイアイ」の手を打つとしても、その間は曲によって異なる。神の現われる能の「コイアイ」は、荘厳《そうごん》に長い間を持って打たれるが、鬼の能では短く急調な間が作り出される。美しい女の能では、「コイアイ」の間はゆったりと柔らかなものになる。一曲の中でも、場面や謡《うたい》の内容によって、「コイアイ」の間は微妙に伸び縮みする。それが私たちの脳にα波を作り出す「ゆらぎ」のもとなのである。

「コイアイ」の間は、演者によって少しずつ違う。囃子方一人ひとりが、違う「コイアイ」の間を持っているのだ。するとこの間は、個人の所有物であると同時に、別の間を持つ他の演者との交流の手段となる。お互いに相手の間を計りあって、「乞イ合イ」ながら自分の間を打つのだ。その時、相手の間に合わせて打ったのでは駄目で、お互いに自分の間で打ち合うことによって、能の囃子は緊張感を持ち、刺激的、立体的なものになるのだ。

これが「コイアイ」の間の、私なりの説明である。これを知った上で、日本人の「間」について少し考えてみよう。

「コイアイ」の間は、きわめて相対的な、あいまいなもののようにみえるが、実際には百分の一秒たりとも動かせない絶対的なものとして教えこまれる。何しろ能の囃子方は、この間を絶対的なものにするために、幼少のころから徹底的に訓練されるのだから。それによって、「間」は演者の肉体的なものになり、きわめて個人的な所有物になるのだ。異なる間を持った楽師たちが、妥協せずぶつかり合うことによって、能は逆に独特の一体感を達成する。「コイアイ」の間の原理が、それを可能にしたのである。

しかし、能が作り出したこの「間」の感覚は、能という音楽劇に止《とど》まらず、日本文化のさまざまな部分に浸透している。茶、庭、水墨画などの「間」は、「コイアイ」の間と同質のものだと私は思う。八拍から三拍まで、音を取り去って作り出した長い間、それを聞くことによって成立した小鼓の三つの音の配置、その緊張関係が、日本人独自の時空の発見につながったのではないだろうか。

「コイアイ」の間は、やがて日本人の日常生活の中に侵入し、独自の生活軌範になった。お互いの「間」を計りあって、それを微調整することによって孤立化を避け、上下左右の流動的関係を作り出す日本人の知恵は、「コイアイ」の間に同源を持つ。

しかし、「世間」や「仲間」など、間を持つ集団に安住することで、孤独や断絶を避けてきた日本人は、ここでもう一度、「コイアイ」の間の原点に立ち返る必要があるのではないだろうか。「コイアイ」の間は、あいまいで相対的なものではなく、一人ひとりにとって動かすことのできない、個別的絶対的なものであった。日本人が個を確立してゆくためには、このギリギリの間の関係を取り戻す必要がある。個の持つ「間」のぶつかり合いを恐れて、自分の「間」をあいまいにしてしまうと、「乞イ合イ」の間でなく「慣れ合い」の間になってしまう。

（二〇〇〇年 六六歳）

老いの入舞《いりまい》

「入舞」という美しい言葉がある。「さる程に、一期《いちご》初心を忘れずして過ぐれば、上《あが》る位を入舞にして、遂《つい》に能下《さが》らず……云々《うんぬん》」——世阿弥《ぜあみ》が晩年になってから著した『花鏡《かきよう》』という本に出てくる。当時としてはもう老人に属していた、世阿弥六十二歳の書である。

「入舞」というのは、舞楽などでいったん舞いが終わって舞い手が退場する前に、もう一度舞台に戻って、名残りを惜しむかのようにひと舞い舞って舞い収めることをいうのだそうだ。世阿弥のいう「入舞」は、老境に入った能の名手が、もう人生の最後というころ、壮年の役者には及びもつかない芸境の能を演じて観衆を感動させるようなことを指している。

この言葉は、『花鏡』の「劫之入用心之事《こうのいるようじんのこと》」という章に出てくる。この章には、六十歳を過ぎて衰えぬばかりか、さらに創造的であり続けようとする世阿弥のしたたかな心の持ちようが刻み込まれている。

世阿弥が「劫《こう》」というのは年功のことで、長い経験の蓄積によって達せられる境地のことである。世阿弥は、この「劫」が大切であることを認めた上で、「劫」に安住して、老後の発展が停滞してしまうことにならないよう戒めているのだ。

昔これで名声を博したのだからといって、時代遅れのやり方に固執していたのでは、マンネリズムに陥る。過去の栄光にしがみついて何の発見もなければ、進歩も止まってしまう。こういう「劫」を、「住劫《じゆこう》」といって嫌うなり、と戒める。しばしば年功だけに頼って流行遅れになり、人の顰蹙《ひんしゆく》を買っているのも気づかない老人がいる。そんなことでは、「老いの入舞」などはおぼつかない。「能能《よくよく》用心之事」と念をおす。なかなか手厳しい。

「老いの入舞」というのは、経験を積んで老年に入った能役者が、その蓄積した修練と知識をもとにして、常により高い芸境を達成し続けることをいう。絶え間なく積んできた研鑽《けんさん》の上で、さらに新しい花を開かせる。それも老後でなければ咲かせることのできない花を。

この言葉は、芸能に携《たずさ》わる者だけでなく、老いを目前にしているすべての現代人に、鋭い警告を与えているように思われる。こういう私も、東京大学の定年を迎えた。ヤレヤレという気持ちと、これからどうしようかという不安が入り交じった複雑な心境である。急速に進展しつつある生命科学のような領域で、六十歳を越えてから新たに何ができようか。何とかこれまでの蓄積をもとにしてやってゆけるだろうか。こう思うのはすでに世阿弥のいう「住劫」である。これでは進歩はない。

しからば、「住劫」を避けるためにはどうしたらよいか。世阿弥は、『花鏡』の最後の章「奥《おくの》段《だん》」で、すぐれたアドバイスをしている。有名な「初心忘るべからず」の項である。ここで世阿弥は、三つの初心、「是非の初心」「時々の初心」そして「老後の初心」について説いている。「老いの入舞」を可能にする「老後の初心」とはいったい何であろうか。世阿弥はまるで自分に語りかけるようにこう書いている。

「老後の初心を忘るべからずとは、命には終りあり、能には果あるべからず（中略）。五十有余よりは為《せ》ぬならでは手立《てだて》無しと言へり。為ぬならでは手立なきほどの大事を、老後にせん事、初心にてはなしや。さる程に、一期初心を忘れずして過ぐれば、上る位を入舞にして、遂に能下らず。」

寿命には限りがあるが芸能には果てしがない。もう体もきかず、やらない方がましということだってあるだろう。しかし、そうなってからこそできる重大なことだってある。それを発見するのが「老後の初心」なのだ。その初心を忘れることなく生きていれば、より輝きのある「入舞」を舞い収めることができるだろう、としめくくっているのである。老人が過去の成果などにとらわれることなく問題を見据え、理解を深めてゆくことによって、この時期でなくてはできないような発見に参加することが可能になるはずだ。六百年前の六十二歳の世阿弥が、そういう気迫のある言葉を耳元で囁《ささや》いているような気がする。

（一九九四年 六〇歳）

A

オール・ザ・サッドン

カフカの(1)『変身』は、一夜明けてみたら虫に変身してしまった男の話である。その驚き、戸惑い、不安、すべてオール・ザ・サッドン（すべて突然）である。

私の場合もそうだった。一夜明けたら、思いもかけない声のない世界に閉じ込められた。目が覚めて叫ぼうとしたが声が出ない。訴えようとしても言葉にならない。その上、体は縛られたように動かない。信じられないことだ。

医師たちはそんな私をストレッチャーに括《くく》り付け、有無をいわせず核磁気共鳴装置（MRI）の検査に連れて行った。目隠しをされて、大きな機械に横たわると、ガチャンガチャン、ポヤポヤポヤ、ビビビビビ、カポンカポンというような音が聞こえてきた。頭蓋骨《ずがいこつ》の中を透視して、脳の断面図を作っているのだ。

まるで超現実の空間に入りこんだようだったが、そんなのんきなことを言っている場合ではない。音は大きくなったり小さくなったりして、時には耳を劈《つんざ》くようなすさまじい騒音になった。逃げようとしても、無駄なことはわかっている。叫ぼうとしても、声が出ないのだから絶体絶命だ。あまりの恐怖のために全身が固まってしまった。失神してくれたなら、少しは楽になれたろうに……。

二十分あまりの検査が終わって、私は文字通り救出された。息も絶え絶えだった。顔が引きつって、人心地がなかった。妻が心配そうな顔で待っていたが、ただ目顔で、恐怖を訴えたつもりだ。

それがあの日だった。健康だった私が突然脳梗塞《のうこうそく》で倒れたのは、昨年（二〇〇一年）の五月の連休の直前であった。右半身の自由を失い、字が書けなくなった。喉《のど》の麻痺《まひ》のため、発音も発声もできない、文字通り沈黙の世界に落ちたのは。それがみなオール・ザ・サッドンだった。

それればかりではなかった。喉の麻痺は、たとえ流動物であろうと食物を飲み込むことを不可能にした。どんなに飢えていても、喉が火のように渇いていても、一椀の粥《かゆ》、一滴の水も飲めない、まるで餓鬼のような生活が待っていた。

それから一年。物を飲み込むことは、だいぶできるようになったが、依然として声は出ない。右麻痺は完全に固定してしまった。リハビリで、杖《つえ》を突けば歩けるようになったが、まるでゴリウォーグのケークウォーク(2)のように、よたよたと躓《つまず》きながら五十メートル歩くのが限度である。

その日を境にして、私は別の世界に行ってしまったようだ。時間の単位が違ってしまった。切れ目のない灰色の時間が半直線的に続いている。その日から、何もかもが変わってしまったのだ。

その前日の一齣《ひとこま》でさえ今とは違う。風景には色彩がついていた。あたりは音で彩られていた。私は何気なく赤葡萄酒《あかぶどうしゅ》を飲んでいる。軽やかに話しかけ、無頓着《むとんちゃく》に笑っている。あの顔は紛れもない嘗《かつ》ての私のものだ。懐かしくて涙が出そうだ。

私は確かに二本足で歩いていた。誇らしげにイタリアの漁村やアフリカの象牙《ぞうげ》海岸を闊歩《かっぽ》していた。もう忘れてしまった二本足の関節を使って。

私は鼓《つづみ》を打っていた。『卒都婆小町《そとばこまち》』の能の聴かせ所だ。玄人《くろうと》でもこんな音は出ないといわれたほど美しい音だ。もう二度とその音を聴くことはできない。

今思えば懐かしいというばかりである。私のエッセイ集『懐かしい日々の想い』(朝日新聞社)は、そんな想いから編んだ。私が五体満足だったころのエッセイを集めたものだ。

灰色の時間から見れば、色彩のある風景はなんと生命に満ちていることか、沈黙から音響へ、無意味から意味へ、諦《あきら》めから希望へ、拘束から自由への逆行性の歩みを、そこにもう一度映し出してみたかった。

私は今、若い頑健な運動選手のように、筋肉を鍛え、力を蓄《たくわ》えるためマット運動に精を出している。もはや歩けない日が、オール・ザ・サッドンにやって来ても、今日という時間を懐かしむことができるように、杖にすがってよたよたと歩行訓練に汗を流している。

(二〇〇二年 六八歳)

新しい人の目覚め

二〇〇一年の五月、旅先で脳梗塞《のうこうそく》に見舞われ、右半身の完全な運動麻痺《まひ》に加えて声を失い、嚥下《えんげ》の障害で水さえ飲めなくなった。声が出ないから、苦しくても訴えることもできない。喉《のど》が渇いても、喉を潤《うるお》すことはできない。まさに地獄のような苦しみである。

初めは嘘だと思った。冗談じゃない。しゃべれないなんて。前の日まで元気に講演して歩いて、夜になるとビールを飲み干していたのだから、この異変は信じられなかった。でもそれが現実だった。

死地を脱して、病後の半睡《はんすい》の状態から目覚めたときは、絶望して死のうと思った。それが何とか生き延び、こうして呼吸しているのは夢のように思える。

リハビリを続けてはいるが、麻痺はもう動かないものになって、実用的には歩くことはできなかった。声もまだ出ないし、水分は管を入れて補給している。食物は管ではなくなったが、やっとおかゆを咳《せ》き込みながら一椀飲み込むに過ぎない。

あんなに死を望んでいたのに、どうして生きられたのか、今思えば不思議である。でも生の感覚だけは今のほうが旺盛《おうせい》だ。その理由を考えた。

もう体は回復しない。神経細胞は再生しないのだから、回復を期待するのは無意味だ。それだけは、この二年の間に思い知った。ダンテ(1)の地獄篇に「この門をくぐるもの　すべての希望を捨てよ」とあったが、この病気でも同じである。

しかし私の中に、何か不思議な生き物が生まれつつあることに気づいたのは、いつごろからだろうか。初めのうちは異物のように蠢《うごめ》いているだけだったが、だんだんそいつは姿を現した。

まず初めて自分の足で一歩を踏み出したとき、まるで巨人のように不器用なそいつに気づいた。私の右足は麻痺して動かないから、私が歩いているわけではない。それでも毎日リハビリに励んでいるのは、彼のせいだと思う。まだ杖《つえ》を突き人に介助されながら、百メートル歩けるに過ぎない。それでも時には進歩したなと思う。

声が出たときもそうだ。今までどんなに振り絞っても、かすれた呼吸音だけだったが、言語療法でやっとのこと「アー」と言う声が出た。録音されたのを再生してみると、おぞましい聞き覚えのない声だった。昔の私の声とは似ても似つかない、ミイラのような声である。私はぞっとした。でもこの後、人とコミュニケーションするにはこの声に頼らなければならない。

私はこの新しく生まれたものに賭《か》けることにした。自分の体は回復しないが、巨人はいま形のあるものになりつつある。彼の動きは鈍いし寡黙《かもく》だ。それに時々は裏切る。この間こけたときは、右腕に大きなあざを作った。そのたび私は彼をなじる。

でも時には、私に希望を与えてくれる。今日はSの発音がそれらしく聞こえたと言われては、ぬか喜びする。構音の訓練はそんなにたやすいはずはないのだ。でもミイラの声が、どんな人間の声になるかと、私は期待している。

もとの私は回復不能だが、新しい生命が体のあちこちで生まれつつあるのを私は楽しんでいる。

昔の私の半身の神経支配が死んで、新しい人が生まれる。そう思って生きよう。そうすると萎《な》えた足が、必死に体重を支えようと頑張っているのが、いとおしいものに思えてくる。

この間（二〇〇三年）、私の新作能『一石仙人《いっせきせんにん》』が上演された。車椅子で能楽堂に何度も出かけ、言葉で指示することはできないが、舞台稽古《ぶたいげいこ》まで見届けられたのは、なんという幸運なことであろう。曲がりなりにも命ながらえて、生命の生まれる兆《きざ》しを目撃する感動を、知る喜びをかみしめたい。

（二〇〇三年 六九歳）

理想の死に方

白洲《しらす》正子(1)さんは死を予感して、ご自分で電話して救急車を呼んだ。待っている間に、お好きなものを食べた。入院して間もなく昏睡《こんすい》状態となり、旬日《じゅんじつ》を経ず他界した。

その一週間ほど前、一献《いっこん》差し上げたいからといささか急なお招きがかかった。いぶかりながらも、鶴川のお宅に伺ったところ、白洲さんは二階で床に着いていた。そのとき白洲さんが、月の光のようにキラキラとした顔をしておられたのを、今でも思い出す。

その夜、白洲さんは酒宴には加わらなかった。私たちはスッポンの饗応《きょうおう》にしたたかに酔って、夜遅く帰宅した。

後で、それは白洲さんのお別れの儀式だったと知った。私はそんなこととは露《つゆ》知らず、最後のご挨拶もし損ねたことを悔やんだ。ただあの妙にキラキラした面差《おもざ》しだけが、いっそう印象深く思い出される。

それから一週間後に入院され、亡くなったのだ。私はいろいろな人の死に出会ったが、これなどは理想的な死に方だと思う。お葬式も戒名《かいみょう》もなかった。後で、古代布(2)で包まれた、遺骨に対面したが、お年のわりにずっしりとした重さに、「韋駄天《いだてん》お正《まさ》」と青山二郎(3)が呼んだ、歩き続けの一生が偲《しの》ばれた。

こんな死に方をしたいと心に決めてきたが、私のほうはそうはいかなくなった。二〇〇一年、私は旅先で脳梗塞《のうこうそく》に襲われ、死地をさまよった末生き返り、重度の右半身の麻痺《まひ》と摂食、言語障害の後遺症をもつ身となった。まだ一言もしゃべれない。自死も考えたが、助かったからには生きなければならぬと思った。

こうして不自由な体を抱えて私は生き延びている。嚥下《えんげ》障害の苦しみは筆舌《ひつぜつ》につくせない。右麻痺だけでもつらいのに、毎食後必ずやって来る咳《せき》と痰《たん》の苦しみは筆舌に尽くし難い。毎日肺炎の危険と戦っているのだ。苦しくても叫ぶことも出来ないし、訴えることも出来ない。まして電話で救急車を呼ぶなんてことなどできない相談だ。寝るにも起きるにも介護の手を借りなければならない。私は理想の死に方さえ奪われてしまったのだ。

さてと、考えてしまう。死線をさまよって生き返った身だ。死はもう怖くない。発作直後は、苦しさのために死ぬことばかり考えていた。今でも死を思わぬ日はない。でもこんな体では理想の死に方といわれても、答えに窮する。出来ることが、あまりに限られているからだ。

私は麻痺を除けば、体は頑健だ。うまく死ねそうにない。阿鼻叫喚《あびきょうかん》(4)の最後くらい覚悟している。でもこれまでの苦しさに比べれば、どんな苦痛にも耐える自信はある。私のような重度の障害者は、日常が苦痛の連続である。声を失った今は、叫ぶことさえできない。

そしてシジフォスのように、果てのないリハビリの訓練の毎日である。嚥下障害は、どんなに空腹でも物が食べられない。水も飲めない。タンタロスの苦しみ(5)でもある。

幸い考える力だけは残された。それを使って死に方を考えるほかはない。

そこで、少し体を痛めつけるくらい仕事をしている。一日に五、六時間はキーボードに向かう。左手だけしか使えないから、人の四、五倍も時間はかかるし、疲れもする。それにリハビリの訓練が加わる。車椅子に座っているだけで消耗するから、リハビリのあった日はベッドに入るとすぐ眠りに落ちる。

どうやら、私は知らないうちに答えを見つけていたようだ。それは平凡だが「歩キ続ケテ果テニ息《や》ム」というようなことらしい。私は物理的には歩けないが、気持ちは歩き続けている。白洲さんも西行も、結局同じところに理想の死を見つけたのではないか。体は利《き》かないがこれならできる。もう少しだ、と思って、私はリハビリの杖《つえ》を握り、パソコンのキーボードに向かう。そして明日死んでもいいと思っている。

（二〇〇五年 七一歳）

生命と科学と美——理科が嫌いな中学生の君へ

一、星へのあこがれ

星を見るのが好きな少年がいた。夜になると物干し台に上がって星を眺めた。夜空に広がる星空。あれがカシオペア、あれがオリオン。いつの間にか、主だった星座の名前を覚えた。よく晴れた秋の夜など、星の彼方《かなた》に乳白色の銀河が見えた。昔の人は「天の川」といったそうだが、あれは何億個もの星の集まりだそうだ。われわれが住んでいるこの地球も、月も、そして太陽も、太陽系の銀河に漂う星の一つらしい。

人間が死ぬと星になるといった人がいる。大好きだった祖父はどの星になったんだろう。この星が浮かぶ宇宙に比べたら、本当に人間なんてちっぽけなものだ。そんなことを考えている自分という少年は一体何者なのだ。

それにしても、宇宙ってどのくらい大きいんだろうか。どんどんどんどん宇宙を飛んで行ったら、宇宙の涯《はて》まで行きつけるのだろうか。そうしてその涯の向こうには何があるんだろうか。宇宙はいつ始まったのか。そしていつまでも続くのだろうか。宇宙には終りはないのだろうか。

でも人間は必ず死ぬらしい。自分だっていつかは年をとって死ぬ。自分が死んだあとも、この宇宙はずっと続く。自分が死んでから何万年たっても、空には同じ星がまたたいている。

それが、少年が初めて永遠という考えに出会った時だった。少年はぞっとした。自分は死ぬ。死んだあとは何もなくなる。永遠に――。

少年の背すじを何か冷たいザラザラしたものがなでていった。その時少年は初めて人生というものに目覚めたのだ。

あの美しい星空。そこには人間が抵抗することができない永遠の何ものかがある。それに対して、人間は有限で必ず死ぬ。この自分だって――。

ベッドの中で少年はもだえた。「死ぬって何？」だんだん年をとって、最後には棺桶《かんおけ》の中で冷たくなっている。やがて腐《くさ》って骨だけになる。あるいは火葬場で焼かれている自分を想像する。「死ぬんだ。死ぬんだ」。それなのに自分がいなくなっても夜空の星はまたたいている。

少年は、そうして死ぬべき存在としての自分を発見するのだ。少年の腕や肩にはようやく、生きている証拠の張りのある筋肉が育ち始めているというのに。

少年はやがて、夜空に見た銀河の宇宙が百五十億年も昔にビッグバン(1)という大爆発で生じ、いまもなお膨張しつづけていることを知る。太陽系の宇宙だけでも一千億個もの惑星があり、宇宙にはこうした銀河が無数に存在していることを学ぶようになる。高校、大学と進むうちに、彼は少年の時眺めた星たちが、宇宙の原理に従って存在していることに改めて驚く。

そこには人間まで含めた果てしない世界が広がり、そこに働く法則を、この有限の人間が一つひとつ発見しつつあることを知るのである。

そういう少年が、やがて科学者になるとは限らない。中には本当に物理学や数学を学んで、未知の無限の世界に挑戦したり、天文学や宇宙物理学の研究に一生を捧げるようになる人もいるかも知れない。その科学者が、いつかは世界を驚かすような大発見に立ち会うかも知れない。そうして彼らは、物質の世界に、この世で最も美しい法則を見出すかも知れないのだ。そんなことができるのは、少年のころ星を眺めて、その美しさと恐ろしさに息をのんだ経験があったからだ。それがなかったら、まずそういう機会にはめぐり合えなかったろう。

しかし大部分の星が好きだった少年はそうでない道を選ぶ。プロの科学者になるのはごくごくひと握りだけだ。高校や大学を卒業し、やがてごくふつうの職業を選び、公務員になったり、事務や営業や技術などの仕事につくようになる。

でも、星を見ることによって人生に目覚めた人は、どんな職業についても、無限の宇宙の中に生きている一人の人間として輝き続けるのではないだろうか。満天の星の夜空に、一つの小さな星がきらめくように、自分をきらめかせるであろう。それは宇宙との関係で自分を眺めたことがない人の人生とは、きっと違うだろう。

二、生きものとの出会い

少年のころ、私は生きものが大好きだった。

田んぼでおたまじゃくしを採ってきて掌にのせると、キョロキョロ、キョロキョロと動いた。

目玉だって二つある。ふしぎだった。

とうとう手の中に入れたまま学校に行って、授業を受けた。時々手を開いて確かめると、まだキョロキョロと動いていた。安心した。

でも一時間目の授業が終るころ、おたまじゃくしは死んだ。さっきまで動いていたのが、もう動かない。

死んでしまうと、何だか汚いものに見えた。花壇の裏の方に捨てた。何だか悪いことをしたようで悲しかった。生きものって死ぬんだ。死ぬと、あんなに美しかったのに汚くなる。自分が水のない手の中に握っていたからだ。

それは、生命という美しいものが、死ぬと失われることを、初めて知った日だった。そういうときは、心が暗くなる。

おたまじゃくしが生まれるところを観察したこともあった。五月ごろ日だまりの田んぼの畔《あぜ》で、水草の間にニョロニョロした蛙の卵を見つけた。透明なゼリーのような玉の中に、黒い丸っこいものが入っていた。別のところで見つけた卵の中では、黒っぽいものがピクリピクリと動いていた。それがやがて孵《かえ》って小さい小さいおたまじゃくしになるのだ。草の陰の静かな水を、そんなおたまじゃくしが頭をそろえて泳いでいるのを見て胸がドキドキした。あのゼリーのような卵からあんなものが生まれたのだ。

茨城《いばらき》県の田舎の中学校に入ったころ、私は木村信之先生という生物の先生に出会った。先生は、ライオンというあだ名で、髪をもじゃもじゃにしていた。ちょっとこわい先生だった。

木村先生は、生物の授業のとき、生徒たちをよく野原に連れ出した。雑草の名前を教えて野や山で生き物たちのふしぎに出会ったことがきっかけだったと思う。その後高校生のころ、理科の教科書で、シュペーマン[2]というドイツの発生生物学者が、イモリの胚《はい》を髪の毛でしばって、体がくっついたままの双子のイモリを発生させた実験のことを読んで、その晩は、双子のイモリが眼に浮かんで胸がドキドキして眠れなかった。それほど自分を興奮させた実験が、いまでは遺伝子や分子の働きでみごとに説明されているのである。

たった一個の受精卵が、二つ、四つと分裂を重ねているうちに、頭ができ尾ができ、手足やすべての内臓を備えた一匹のイモリが生まれる。そのメカニズムがいま遺伝子の研究から明らかにされている。人間だって、受精卵という一つの細胞から生まれる。こんな仕組みを作ったのは誰だろうか。神様だろうか。

現在の生物学は、こんな神秘的な発生のプロセスまで説き明かしているのである。生物の形も細胞の働きも、遺伝子、つまりＤＮＡの情報として核の中に書き込まれている。その情報が細胞が分裂するたびに複製され、一部の情報が少しずつ現われて、さまざまな細胞が作り出される。それが複雑な体の構造を作り、やがては赤ちゃんの姿になって母親から生まれてくる。三十億年以上もかかって、生命が作り出した芸術作品である。そんなことがどうして可能だったのかを、いま生命科学は読み解いているのである。

三、美と自然

たとえばアゲハチョウが蛹《さなぎ》から羽化《うか》するのを見たことがあるだろうか。黒っぽい蛹の皮を破って何だか気味の悪いものが顔を出す。黒い二つの目、触覚が現われ、脚が出てくる。そして徐々に体が現われる。何という醜《みにく》さだろうか。押しつぶされたようで翅《はね》もない。じっといままで入っていた殻《から》にしがみついて、ひそかに息づいているようだ。じっとじっと待っている。

そのうちにくしゃくしゃに折りたたまれていた翅が少しずつ伸びてくる。しわくちゃな翅に葉脈のようなものが見え、そこに生命が流れ始める。みるみるうちに翅が広がってゆく。たたんだままの翅の中には斑《まだら》の紋が見え、黄色が鮮やかに染まり、周囲が黒さを増す。しばしの間に、翅がピンと張った蝶の姿に変わる。しばらくじっと息を整えていた蝶は、脚をもぞもぞと動かし始め、二、三度ゆっくりとはばたいたかと思うと、ひらひらと翅を広げて飛んでいった。美しい蝶となって――。それは感動的な経験であった。

私は同じ感動を、ずっとあとで、医学部の学生になってからもう一度経験した。医学部の三年生ぐらいになると、学生は必ずお産の現場に立ち会わされる。

午後も遅くなって、私は大学病院の分娩《ぶんべん》室に呼び出された。いよいよお産のスタートである。陣痛が始まって、まだ若いお母さんは苦しんでいた。なかなかの難産だった。私はこんな苦しみをする母親ってなんて可哀相なものかと同情した。胎児を囲んでいた羊水があふれ出し、赤ちゃんの頭がのぞいた。血まみれになった赤ちゃんが頭から現われた。首に臍《へそ》の緒《お》が巻きついている。血と黄色い脂肪に覆《おお》われてぐにゃぐにゃの赤ちゃんが出て来た。首に巻きついた臍の緒のためか、仮死状態になっている。看護婦さんがそれを取り上げ、医師が臍の緒をしばって切り離した。そして足を持ってぶらさげ背中をたたいた。赤ちゃんは口から液体を吐き出し、弱々しい声でオギャーと泣いた。

看護婦が赤ちゃんの体を、手早くきれいにし、タオルの上に横たえた。紫色の気味の悪い肉の塊《かたまり》は無意味に手足を動かしていた。泣こうとしているらしいが声が出なかった。

私は、赤ちゃんって、何と醜いものだろうかと思った。それにお産も醜悪《しゅうあく》で嫌だった。私は、産婦人科の医者には絶対になるまいと思った。

数時間後、私は病室にさっきの母親を見舞った。母親の隣りには赤ちゃんが寝かされていた。その赤ちゃんを見て、私はびっくりして目をみはった。さっきあんなに醜い紫色の肉の塊、しわくちゃで老人のようだったあの赤ちゃんが、いまはつやつやとした血色のいい皮膚を持った「みどり児《ご》」に変身していたのだ。たった数時間の間に、老人のような姿から、若さにあふれた幼児に変わって、母親の胸から勢いよくおっぱいを吸っていた。なんという美しい感動的な姿だろうか。その時私は、子供のころ見たアゲハチョウの羽化のことを思い出した。

美しいものは醜いものと隣り合わせにあった。美しいものを生み出すためには醜い時間を経なければならなかった。そして美しいものは醜いものを包含していたのだ。

もうひとつ思ったのは、老いと若さということである。たとえば赤ちゃんは、生まれたときは皺《しわ》だらけの老人のような顔をしている。それがたった二〜三時間の間に若さの極限のようなみどり児に変身していた。そして今度は、長い長い時間をたどって老いに向かって歩んで行くのだ。

蝶の羽化もそうである。硬く醜い蛹から、くしゃくしゃの押しつぶされたような姿で羽化するが、それが間もなく美しい若々しい蝶となって飛び立って行く。そして短い蝶の一生を輝かしい日光の中で羽ばたくのである。蝶もまた老いて一生を終え、蟻《あり》の餌食《えじき》になる。

そこには生物の持っている時間というものが凝縮している。私たちは、生物を眺め、自然を知ることによって、私たちに与えられた時間というものを改めて知るのである。

科学というのは、芸術とちがって別に何かを創造するわけではない。一般には、もともと存在していた事実やルールを改めて再発見する仕事である。すでに自然の中に存在していたものを初めて見出し、そこに働いていた原理を知る。そういう発見によって自然は広がってゆくのだ。

アインシュタインによる相対性原理の発見は、私たちが生きているこの宇宙の本当の姿を私たちに教え、そこに生きる人間の存在がどういうものかを改めて理解させた。宇宙も人間もすでに存在していたものに過ぎない。けれども、私たちの限られた感覚では見ることができない部分があった。アインシュタインはそれを見せてくれたのである。

遺伝子情報が書き込まれているDNAの二重らせん構造だって、何十億年も前から存在していたものである。でも、誰もそこに隠されていた秘密のルールを知らなかった。一九五三年に、ワトソンとクリック(3)という二人の科学者がそれを見せてくれた。すると、あらゆる生物がどうして自分と同じ子孫を残すことができるのか、人間がどのようにして原始的生命体から進化してきたのか、そして一つの受精卵からどのようにして人間のような複雑な生命体が生まれるのかというような謎のすべてを解く入り口が開かれた。私たちの遺伝的な性質が、どのようにして子供や孫に伝えられるのか、自分はどうして親に似ているのかといった遺伝のしくみも、次々に明らかにされていったのである。

そういう発見を通して、私たちの自然の世界が広がってゆく。大きさの極限の宇宙から、極小の遺伝子や分子、そして原子や素粒子にいたるまでを、科学の方法によって私たちは知ることができる。まだまだその先が広がっている。そして、そういう知識を人間はどんどん利用して、生活を高めている。

自然のルールは、例外なく美しい。もちろんその美の中には醜さが包み込まれていることは、前に述べた通りだ。

美しいとは、そもそも何だろうか。私は、自然が時間とともに作り出したものこそ美しさの原型なのではないかと思う。あらゆる芸術は、自然を眺めたときの人間の感動から始まる。何十億年もの時間をかけて、私たちの宇宙が作り出され、そこに生き物が生まれ、私たち人間はその究極の産物である。人間の美への欲求は、進化の歴史の中で作り出されたに違いない。

その自然の中に人間は生きている。自然には崩壊してゆくもの、消滅してゆくものも含まれる。生まれくるものと同時に、滅び消滅してゆくものにも人間は美を感じる。たとえば廃墟の美や老人の高貴さ。それも私たちに深い感動を与える。時間が自然の中に作り出したものを発見してゆくことも、人間にとって美であろう。

だから科学と芸術には共通のものがある。いずれも自然や人間を深く観察し、想像力によって新しいものを発見してゆく営みである。発見はさらに自然を広げる。

人工の美というものもあるではないか、というかも知れない。たしかに私たちが住む都会などは、まさに人工の産物の集まりである。その中にも美しい建築や新しいアートが含まれている。

でも、私たちがそこに美を感ずるのは、それらが私たちの自然を拡大しているからだと私は思う。自然の隣りにおかれてもおかしくないときにだけ人間は人工物に美を感じるのだと私は思う。人間が作り出したものが、もともとあった自然を広げ、やがては自然の一部に同化してゆくとき、初めて美が達成されるのではないだろうか。

そういう意味で、いつまでたっても自然に同化されないようなプラスチックのゴミやコンクリートに醜さを感じるのは、私たちの自然な本性だと思う。自然にとって異質なもの、自然を破壊するようなものを排除してゆくことも、人間が美を愛し、自然を大切にする基準だと思う。しかしそういう人工物さえも、何百年、何千年という単位では、いつかは自然に帰ってゆくだろう。自然はそれほどに強い。

いままでの学校教育の中で、理科は芸術や文学、社会などとは全く別の世界を扱う教科として扱われてきた。将来、物理、化学、生物学、医学、工学などを学ぶために理系の大学に進むか、あるいは文学、経済、社会、音楽、美術などを学ぶ、いわゆる文系に進むかなどが、もう中学のころから分けられている現状はよくないと私は思う。

本当に美しいもの、人間的なものを発見し、そこにひそむ美しいルールを発見してゆくためには、理科の勉強はとても大切である。哲学、社会学、心理学など、人間にかかわる学問、さらには美を創造する芸術にたずさわる人たちも、人間がよって立つところの自然、宇宙の法則、そして遺伝子やDNAのことを学ぶことは大切である。

そして何よりも、少年のころ自然にふれ、自然に感動したという体験を持つことが大切だと私は思う。理系とか文系とかは関係ない。そして、理系の学校に入って科学を研究するようになったとしても、その研究の原動力になるのは、少年のころ持った美へのあこがれではないかと思っている。

（二〇〇〇年 六六歳）

科学者の野狐禅

1［野狐禅］禅宗用語。野狐とは「のぎつね」の精のこと。悟っていないのにいかにも悟ったふりをして人を欺き、奇異な言動をする禅の修行者のこと。**2**［アインシュタイン］アルベルト・アインシュタイン（一八七九—一九五五）。ドイツ生まれの理論物理学者。**3**［公案］禅宗で、修行者が悟りを開くため、研究課題として与えられる問題。**4**［一月三舟］南行する舟から見る月は南行するように見え、北行する舟の月は北行し、停まる舟の月は停まっている。仏の説もまた衆生それぞれに受け取るというたとえ。

甲虫の多様性、抗体の多様性

1［虫めづる姫君］平安時代の物語集『堤中納言物語』の一つ。**2**［利根川進］生物学者（一九三九—）。一九八七年、多様な抗体を生成する遺伝的原理の解明によりノーベル生理学・医学賞受賞。

風邪の引き方講座

1［ホメオスターシス］同一の状態の意。生体が外的および内的環境の変化を受けても、生理状態などを常に一定範囲内に調整し、恒常性を保つこと。また、その能力。**2**［ホーリスティック］全体的。包括的。

ファジーな自己

1［オプティミズム］楽天主義。**2**［遺伝子座］染色体やゲノム上における、それぞれの遺伝子が占める位置。**3**［グロサリー］難解な語や廃語、方言、術語、あるいは作家が特別の意味をもたせて用いた語の説明を集めた特殊辞典。**4**［金科玉条］絶対的なよりどころとなるもの。**5**［エンティティー］実在。存在。

超システムの生と死

1［エッセンシャル］本質的。必須。**2**［胚］多細胞生物の発生初期のまだ独立生活のできない個体。**3**［テロメア］染色体末端粒子。細胞分裂のたびに短くなり、染色体の複製に伴う損傷を防ぎ安定性を維持する。**4**［集学的］医学において、それぞれ異なる領域（分野）を専門とする複数の医師や医療専門家による治療計画を立案する取り組み。

死は進化する

1［サマセット・モームの小説に…］オー・ヘンリーの小説「最後の一葉」を指すと考えられる。**2**［秘義］極秘の奥義。**3**［カンブリア紀］古生代を六つに区分した最初の時代。五億四一〇〇万年前から四億八五四〇万年前まで。大部分の無脊椎動物が出現し、三葉虫が栄えた。

能を観る

1［鏡板］能舞台正面の老松を描いた羽目板。**2**［橋掛り］揚幕から本舞台へと繋がる長い廊下部分のこと。**3**［神楽］神をまつるために奏する歌舞。**4**［大鼓］能楽で囃子に使う大形の鼓。**5**［床几］肘掛けのない座具。腰掛け。**6**［ワキ］シテの相手役。現実に生きている男性の役柄が多い。**7**［邂逅］思いがけなく出会うこと。**8**［公達］皇族や上流階級の子弟・子女。**9**［在原業平］平安時代前期〜中期の歌人（八二五—八八〇）。六歌仙・三十六歌仙の一人。『伊勢物語』の主人公とされる。**10**［序ノ舞］能楽の舞の一つ。ゆったりとして品位のある典雅な舞。**11**［狩衣］平安時代以降の貴族の普段着。**12**［五節の舞］古来宮中で、新嘗祭、大嘗祭などの折に奏される音楽を伴った舞。**13**［悉皆］ことごとくすべて。

キメラの肖像

1［勾欄］橋、回廊、廊下などにつけた欄干。**2**［暗渠］覆いをしたり地下に設けたりして、外からは見えない水路。**3**［橋岡久馬］観世流シテ方能楽師（一九二三—二〇〇四）。**4**［御宇］天子の治世の期間。御代。**5**［源頼政］平安末期の武将（一一〇四—八四）。**6**［亡心］亡霊。**7**［回向］死者の成仏を願って仏事供養をすること。**8**［世阿弥］室町前期の能役者、能作者（生没年不詳）。『風姿花伝』『花鏡』など伝書を著し、能楽を大成。能の作品に「高砂」「井筒」「清経」「融」など。**9**［嚆矢］物事の始まり。**10**［マグリット」ルネ・マグリット（一八九八―一九六七）。ベルギーの画家。**11**「エルンスト」マックス・エルンスト（一八九一―一九七六）。ドイツの画家、彫刻家。**12**「フロイト」ジークムント・フロイト（一八五六―一九三九）。オーストリアの精神科医。精神分析の創始者。**13**「ユング」カール・グスタフ・ユング（一八七五―一九六一）。スイスの精神科医、心理学者。**14**「丑の刻」午前二時の前後二時間をさす。**15**「和泉式部」平安時代中期の女流歌人。生没年不詳。

記憶を持つ身体

1「シテ」能の役柄。主役のこと。一曲のなかで最重要の演者であると同時に、演出、監督の権限を有する。**2**「観世寿夫」観世流の能楽シテ方（一九二五―七八）。

里のカミがやってくる

1「黒川能の王祇祭」山形県鶴岡市黒川の春日神社で、二月一日と二日に扇を御神体として行われる祭礼。黒川能の奉納で知られる。**2**「五流の能」観世、宝生、金春、金剛、喜多のシテ五流のこと。

面を打つ

1「胡粉」顔料の一つ。現在は貝殻からつくられる炭酸カルシウムを主成分とする顔料を指す。**2**「三千本膠」牛皮からつくられる接着剤。**3**「顔彩」顔料に膠やでんぷんを加えて練り、容器に入れて乾燥させた固形絵の具。**4**「グワッシュ」不透明な水彩絵具、またはこれを用いた絵画。

春の鼓

1「裂帛」絹布を引き裂く音。またそのように鋭い声。

からだの声をきく

1「猖獗」猛威を振るうこと。

ビルマの鳥の木

1「アウン・サン・スー・チー」ミャンマーの政治家（一九四五―）。非暴力民主化運動の指導者。**2**「声明」仏教の法会儀式で僧侶が唱える声楽。**3**「パガンの遺蹟」ミャンマー、マンダレー地方のパガン（現在はバガン）にある大小さまざまな仏教遺跡が林立している仏教聖地。

鳴らない楽器

1［一噌仙幸］能楽師一噌流笛方（一九四〇―）。二〇〇九年人間国宝に。**2**［倍音］周波数が何倍かになった音。自然音や楽器には倍音が多く含まれる。

オール・ザ・サッドン

1［カフカ］フランツ・カフカ（一八八三―一九二四）。チェコ出身のドイツ語作家。**2**［ゴリウォーグのケークウォーク］ドビュッシー作曲のクラシックピアノ曲。「子供の領分」の第六曲。人形のぎくしゃくとしたぎこちない動きを表現している。

新しい人の目覚め

1［ダンテ］ダンテ・アリギエーリ（一二六五―一三二一）。イタリアの詩人、哲学者、政治家。地獄篇は『神曲』の三篇のうちの一篇。

理想の死に方

1［白洲正子］随筆家（一九一〇―九八）。幼い頃から能を学び、十四歳で女性として初めて能舞台に立つ。古典文学、工芸、骨董、自然などについて随筆を執筆。**2**［古代布］植物で織られた古代の布。**3**［青山二郎］美術評論家、装丁家（一九〇一―七九）。**4**［阿鼻叫喚］悲惨な状況に陥り、混乱して泣き叫ぶこと。**5**［タンタロスの苦しみ］シジフォスは神を欺いた罪で、タンタロスで巨大な岩を山頂まで上げるよう命じられたが、山頂まで岩を持ち上げるとその重みで岩が底まで転がり落ちてしまい、苦行は永遠に繰り返されたという。

生命と科学と美

1［ビッグバン］宇宙が火の玉として始まる瞬間を表す言葉。**2**［シュペーマン］ハンス・シュペーマン（一八六九―一九四一）。一九三五年にノーベル生理学・医学賞受賞。**3**［ワトソンとクリック］ジェームズ・デューイ・ワトソン（一九二八―）はアメリカの分子生物学者、フランシス・ハリー・コンプトン・クリック（一九一六―二〇〇四）はイギリスの科学者。DNAの二重螺旋構造を発見し、一九六二年にノーベル生理学・医学賞を受賞。

多田富雄

ただ・とみお（一九三四～二〇一〇）
免疫学者、随筆家、詩人、能作者

生まれ

昭和九年三月三十一日、茨城県結城市に、多田進とうめの長男として誕生。開業医の祖父・愛治と祖母・ふくのもとで育つ。

家族

十数回のお見合いを経て、昭和四十三年七月四日に、東京女子医大卒井坂式江と結婚。一男二女あり。新婚当時、押し入れで実験用のマウスを飼い、子どもは簞笥の引き出しに寝かせたこともあったという。

研究

千葉大学医学部卒業後、千葉大学医学部、東京大学医学部教授を歴任。一九七一年、免疫応答を調整するサプレッサー(抑制)T細胞を発見。野口英世記念医学賞ほか、内外多数の賞を受賞。免疫学の先駆者として研究をリードした。また、多田が示した免疫における「自己と非自己」「超システム」という概念は、科学の枠を超えた、生命の根源に迫る哲学的な問題であり、思想界にも大きな影響を与えた。

能

高校時代より能に魅せられ、大倉七左衛門氏のもとで小鼓を習う。のちに能評を書き、能面を打ち、新作能の作者に。脳死と臓器移植を主題にした「無明の井」（一九九一年）、朝鮮人強制連行の悲劇を描いた「望恨歌」（一九九三年）、アインシュタインの相対性原理をモチーフにした「一石仙人」（二〇〇三年）、太平洋戦争を扱った「原爆忌」「長崎の聖母」（二〇〇五年）、「沖縄残月記」（二〇〇九年）など、人類が避けて通れない課題を、能を通して広く現代の人々に訴えた。

不屈の人

二〇〇一年に脳梗塞で倒れ、半身麻痺と言語障害のリハビリに励みながら、闘病記やエッセイ、新作能の執筆を精力的に行う。さらに二〇〇六年、厚生労働省が導入した「リハビリ日数制限」に反対の声をあげ、「リハビリ診療報酬改定を考える会」代表として「リハビリは単なる機能回復ではない。人間の尊厳の回復である」と抗議。同年六月、わずか四十日あまりで集めた四十八万人の署名を、車椅子で厚労省に提出した。また、科学の知と人文の知を統合し、「より広い、より深い、そしてより遠い視野で」核や地球環境など現代が抱える問題を眺め、解決方法を考えようと、自然科学とリベラルアーツを統合する会（ＩＮＳＬＡ）を立ち上げるなど、真摯にその生を全うした。

もっと多田富雄を知りたい人のためのブックガイド

『多田富雄コレクション』全五巻、藤原書店、二〇一七年四月～十二月

約二十年にわたって書かれた随筆・論考がテーマ別にまとまっている。1「自己とは何か 免疫と生命」（解説・中村桂子、吉川浩満）2「生の歓び 食・美・旅」（解説・池内紀、橋本麻里）3「人間の復権 リハビリと医療」（解説・立岩真也、六車由実）4「死者との対話 能の現代性」（解説・赤坂真理、いとうせいこう）5「寛容と希望 未来へのメッセージ」（解説・最相葉月、養老孟司）。多彩な顔をもつ多田富雄の仕事の全貌を集成。

『寡黙なる巨人』集英社文庫、二〇一〇年

二〇〇一年に脳梗塞で倒れ、右半身麻痺、構音・嚥下障害を負いながら、自らの内に新しい人（寡黙なる巨人）が生まれるまでの軌跡を詳細に綴った闘病記。第七回小林秀雄賞受賞作。

『免疫学個人授業』南伸坊と共著、新潮文庫、二〇〇〇年／**『免疫の意味論』**青土社、一九九三年／**『生命の意味論』**新潮社、一九九七年

免疫学の第一人者としての多田富雄の研究を知りたい人はこの三冊を。

『生命をめぐる対話』ちくま文庫、二〇一二年

言葉、老い、死、脳、社会、インターネット、能など多角的な視点から、「生命とは何か」という根源的な問いへの思索がなされる対談集。対談者は、五木寛之、井上ひさし、日野啓三、橋岡久馬、白洲正子、田原総一朗、養老孟司、中村桂子、畑中正一、青木保、高安秀樹。

『邂逅』鶴見和子と共著、藤原書店、二〇〇三年／**『言魂』**石牟礼道子と共著、藤原書店、二〇〇八年／**『露の身ながら いのちへの対話』**柳沢桂子との共著、集英社文庫、二〇〇八年

三人の女性との、真摯な交歓の記録。

本書は以下の本を底本としました。

「科学者の野狐禅」「超システムの生と死」「死は進化する」「ゲノムの日常」「生命と科学と美」…『懐かしい日々の想い』朝日新聞社、二〇〇二年

「手の中の生と死」「人間の眼と虫の眼」「甲虫の多様性、抗体の多様性」「風邪の引き方講座」「里のカミがやってくる」「からだの声をきく」「インコンビニエンス・ストア」「鳴らない楽器」…『独酌余滴』朝日文庫、二〇〇六年

「ファジーな自己 行為としての生体」「ビルマの鳥の木」「面を打つ」「裏の裏」「春の鼓」「老いの入舞」…『ビルマの鳥の木』新潮文庫、一九九八年

「能を観る」「キメラの肖像」「記憶を持つ身体」…『脳の中の能舞台』新潮社、二〇〇一年

「日本人とコイアイの間」…『生命の木の下で』新潮文庫、二〇〇九年

「オール・ザ・サッドン」「新しい人の目覚め」「理想の死に方」…『寡黙なる巨人』集英社文庫、二〇一〇年

表記は、新字新かなづかいに改め、読みにくいと思われる漢字にはふりがなをつけています。また、今日では不適切と思われる表現については、作品発表時の時代背景と作品価値などを考慮して、原文どおりとしました。

なお、文末に記した執筆年齢は満年齢です。

STANDARD BOOKS

多田富雄　からだの声をきく

発行日――2017年12月8日　初版第1刷

著者――多田富雄

発行者――下中美都

発行所――株式会社平凡社
東京都千代田区神田神保町3-29　〒101-0051
電話（03）3230-6580［編集］
（03）3230-6573［営業］
振替　00180-0-29639

印刷・製本――シナノ書籍印刷株式会社

編集――大西香織

装幀――重実生哉

ISBN978-4-582-53164-0
NDC分類番号914.6　B6変型判（17.6cm）　総ページ224
平凡社ホームページ http://www.heibonsha.co.jp/
落丁・乱丁本のお取り替えは小社読者サービス係まで直接お送りください
（送料は小社で負担いたします）。

STANDARD BOOKS　刊行に際して

STANDARD BOOKSは、百科事典の平凡社が提案する新しい随筆シリーズです。科学と文学、双方を横断する知性を持つ科学者・作家の珠玉の作品を集め、一作家を一冊で紹介します。

今の世の中に足りないもの、それは現代に渦巻く膨大な情報のただなかにあっても、確固とした基準となる上質な知ではないでしょうか。自分の頭で考えるための指標、すなわち「知のスタンダード」となる文章を提案する。そんな意味を込めて、このシリーズを「STANDARD BOOKS」と名づけました。

寺田寅彦に始まるSTANDARD BOOKSの特長は、「科学的視点」があることです。自然科学者が書いた随筆を読むと、頭が涼しくなります。科学と文学、科学と芸術を行き来しておもしろがる感性が、そこにあります。

現代は知識や技術のタコツボ化が進み、ひとびとは同じ嗜好の人としか話をしなくなっています。いわば、「言葉の通じる人」としか話せなくなっているのです。しかし、そのような硬直化した世界からは、新しいしなやかな知は生まれえません。

境界を越えてどこでも行き来するには、自由でやわらかい、風とおしのよい心と「教養」が必要です。その基盤となるもの、それが「知のスタンダード」です。手探りで進むよりも、地図を手にしたり、導き手がいたりすることで、私たちは確信をもって一歩を踏み出すことができます。規範や基準がない「なんでもあり」の世界は、一見自由なようでいて、じつはとても不自由なのです。

このSTANDARD BOOKSが、現代の想像力に風穴をあけ、自分の頭で考える力を取り戻す一助となればと願っています。

末永くご愛顧いただければ幸いです。

2015年12月

ロゴマークデザイン：重実生哉